新 潮 文 庫

文豪の凄い語彙力

山 口 謠 司 著

新 潮 社 版

11444

はじめに

言いたいこと、伝えたいことを、ぴったりと当てはまる言葉で書くというのは、とても難しいことです。

しかし、それは、作家にとっては、どうしても必要な仕事です。たとえ、それが至難の業《わざ》であっても、いや、だからこそ、それができなければ、作家として、筆一本で口を糊《のり》することはできません。

書きたいことが言葉にならない……言葉が見つからない……、と悩みながら、作家は文章を編んでゆくのです。

「文豪」と呼ばれる人たちは、そうした悩みを毎日のように味わいながら、言葉を探し、言葉を選び、ぴったりとした言葉がなければ創《つく》りだして、文章を紡《つむ》ぎ出しました。

表現という点からいえば、習っても書けない、天才というに相応《ふさわ》しい文章を書く作家もいます。

たとえば、岡本かの子（岡本太郎の母）が晩年に書いた『家霊《かれい》』は、泥鰌《どじょう》料理屋の女主人と老いて働くこともままならなくなった彫金職人の話を書いたものですが、老人がタダで泥鰌を食べさせてくれと懇願する際に、こんな言葉をいうのです。

人に嫉《ねた》まれ、蔑《さげす》まれて、心が魔王のように猛《たけ》り立つときでも、あの小魚を口に含んで、前歯でぽきりぽきりと、頭から骨ごとに少しずつ嚙《か》み潰《つぶ》して行くと、恨みはそこへ移って、どこともなくやさしい涙が湧《わ》いて来る……

なかなか、こんな表現はできるものではありません。

作家としての好き嫌いは別として、こうした言葉は、岡本かの子にしかわからない感覚であり、その感覚をうまく彼女ならではの言葉に映し出したもの、といえるのではないかと思います。

もうひとつ、二葉亭四迷《ふたばていしめい》の言葉を紹介しましょう。晩年の作品『平凡』に、二葉亭四迷はこんな言葉を書いています。

唯《ただ》人は皆同じ様に人生の味《あじわい》を味わうとは言えぬ。能《よ》く料理を味わう者を料理通という。能く人生を味わう者を芸術家という。料理通は料理人でない如《ごと》く、能く人生を味わう芸術家は能く人生を経理《けいり》せんでも差支《さしつか》えはない。

二葉亭四迷は、ツルゲーネフの『あひゞき』を翻訳し、『浮雲』『其面影《そのおもかげ》』などの小説を言文一致体で初めて書いた明治の文豪として知られています。

ロシア語に堪能《たんのう》だった二葉亭は、朝日新聞の特派記者としてロシアに滞在しますが、白夜に耐えられず神経衰弱となり、帰路の船上で亡《な》くなってしまいます。

言文一致体を作った人などとして、名声のあった二葉亭は、とても不幸な人でした。

彼は、他人との関係をうまく築くことができず、家庭でも孤独で、家ですき焼きを調理するときでもひとりで食べ、家族と鍋《なべ》を囲んだりすることもなかったといわれています。

そんな彼がいう「能く人生を味わう芸術家は能く人生を経理せんでも差支えはない」という言葉は、とても重く感じられます。

でも、この「経理」という言葉、いまよく使われる「会計や給与に関する事務」という意味で読んでしまっては、二葉亭の文章は理解できません。二葉亭が使っている「経理」は、「きまりを作って、整えて、それに従って物事をおこなう」という意味なのです。

明治時代の人らしい語彙《ごい》ですが、この意味がわかると、さらに二葉亭の言葉が重く感じられます。

永井荷風《ながいかふう》のこんな言葉はどうでしょう。

一人ッきりの、すっぽり飯はいやだな。（『濹東綺譚《ぼくとうきたん》』）

「すっぽり飯」は、「汁、湯茶をそえないで食べるご飯、また、おかずなしで食べる飯」のことをいう江戸の言葉です。

「ひとりっきりの、おかずもないご飯は寂しくていやだな」というのがふつうの言い方でしょうが、「すっぽり飯」という言葉には、ほかにいい表せない「寂しい食事」という雰囲気がオーラのように漂っています。

はたして、一度覚えてしまうと、もうひとりで、おかずも味噌汁《みそしる》もないご飯を食べるようなときには、「すっぽり飯」としか言いようのないものになります。

もうひとつ、人間の原罪というべきものを深く描きながら、軽快なユーモアで読者をクスリと笑わせるエッセイを書いた遠藤周作の造語を紹介しましょう。

悪魔という言葉は字引にあるが、善魔という文字はいくら探しても見あたらぬ。しかし、今日、私たちは自分たちのまわりに悪魔よりも善魔をたくさんみるようである。

（「善魔について」『遠藤周作文学全集』第十三巻）

え！　と思いませんか。いわれれば「善魔」なんて言葉、あってもよさそうなのに聞きません。しかも善魔が、私たちの周りにたくさんいるといわれると、何々？　と次を読みたくなるではありませんか。

文豪と呼ばれる人たちの語彙は、洗練されていて、ゆかしく、使ってみるとしっくりして、人を言葉で説得する力になってくれるものが少なくありません。

知性と教養に培《つちか》われた文豪の語彙を少し読み解いてみませんか。

そして、文豪の語彙を少しく身につけてみませんか。

きっと、少し、言いたいこと、伝えたいことを、ぴったりと当てはまる言葉で書くことができるようになるのではないかと思うのです。

それは、人生を楽しむひとつの糧《かて》にもなるはずです。

山口謠司《やまぐちようじ》　拝

※なお、本文中の原文の引用文は読みやすさを優先し、常用漢字・新かなづかいに改め、ルビを補い、一部漢字をひらがなに換えました。

文豪の凄い語彙力　目次

第2章　知ってる言葉・知らない言葉の意外な話

第3章　あの名作がまた読みたくなる言葉

第4章 人生を彩る文豪の言葉づかい

文豪の凄い語彙力

第1章　今日から使ってみたい文豪の言葉

的皪《てきれき》

的皪たる花

芥川龍之介《あくたがわりゅうのすけ》

厠《かわや》へ行くのにかこつけて、座をはずして来た大石内蔵之助《おおいしくらのすけ》は、独り縁側の柱によりかかって、寒梅の老木が、古庭の苔《こけ》と石との間に、的皪たる花をつけたのを眺めていた。日の色はもううすれ切って、植込みの竹のかげからは、早くも黄昏《たそがれ》がひろがろうとするらしい。

芥川龍之介『或日《あるひ》の大石内蔵之助』

美しく光る木漏れ日のように

的皪とは「白く鮮明なさま、光り輝くさま」をいう言葉です。

「的」という漢字の右側「勺」は、「一部分を取り出してスポットを当てる」ことをあらわしています。それに「白」がついて「さらに明るく、その部分を見る」という意味になります。「的々」という熟語がありますが、これは「明らかではっきりしている」という意味です。

「皪」は難しい字ですが、「くっきりと、あざやかに白いこと」を意味する漢字です。

まず、「皪」の字の説明をしましょう。この漢字の右側の旁《つくり》の部分「樂」は、常用漢字の「楽」の旧字体です。よく見ると、この「樂」の中にも「白」という漢字が見えていますが、これは「光」を意味します。そして残りの部分、これは大きく生い茂る櫟《くぬぎ》の木をあらわしています。

つまり、大きく生い茂る櫟の木から漏れる「美しく光る木漏れ日」を意味しているのです。

そして、「皪」の左側の「白」もまた光なのですが、これは、「美しく光る木漏れ日」を強調したもので、ここから「くっきりとした、あざやかに白い光」ということをいう字になったのです。

たとえば「明月が的皪としている」というような表現で、秋、月の光が白く美しいというような場合に使います。

白はもともと透明の意味だった

「白」という漢字を見ると、われわれは、色としての「ホワイト」を思い浮かべがちです。

ところが、じつは古代中国では、「白」は「透明」ということをあらわすものでした。

たとえば、中国に行くと、「白酒《パイチュウ》」というアルコール度数が非常に高い蒸留酒が各地にあります。日本でいう焼酎《しょうちゅう》のようなものですが、これらはすべて瓶《びん》を通して向こう側まで透けて見えます。この「透けて見える」ということをいうのが「白」の意味なのです。

ここに出した芥川龍之介の表現は、黄昏のなかに浮かんで見える白い梅の花を描写していますが、芥川はもちろん、「透明」という意味では使っていません。

くっきりとした白い光を放つ梅の花の表現としては、とても美しいものですし、芥川は、小説『芋粥《いもがゆ》』で「的皪として、午後の日を受けた近江《おうみ》の湖が光っている」というふうにも使っています。

「秋、森を歩き、的皪とした光の下で、私たちはお弁当を広げた」というような使い方をしてみてはどうでしょうか。

芥川龍之介　明治25〜昭和2年（1892〜1927）

東京・京橋区（現・中央区）出身。大正四（一九一五）年、東京帝国大学文科大学英文学科在学中に代表作となる『羅生門《らしょうもん》』を書き、夏目漱石《なつめそうせき》の門に入ります。漱石からは『鼻』（これもまた、現在でも高校の国語の教科書に採用されるほどの代表作）を絶賛されました。昭和二年七月二四日未明に自殺。親友で文藝春秋社社主の菊池寛《きくちかん》が、芥川の死の八年後に「芥川賞」を創設しました。

『或日の大石内蔵之助』は雑誌「中央公論」に大正六年に発表された短編小説です。最近は、国文学を専攻する学生でも、「忠臣蔵」をよく知らないという人が少なくありません。ですが、歌舞伎《かぶき》はもちろん、小説などでも多く取り上げられる赤穂浪士《あこう》討ち入りの話は、陰に陽に日本人の心を形成したものの一つでした。

生中《なまなか》　生中手に入ると　内田百閒《うちだひゃっけん》

その無くなるまでの、ほんの僅《わず》かな間、お金が仮りにそこに在ると云《い》う現象のために、益《ます》苦《ます》しくなるのが貧乏である。貧乏の絶対境は、お金のない時であって、生中手に入ると、しみじみ貧乏が情なくなる。

内田百閒『大晦日《おおみそか》』

「中途半端で具合が悪い」感じ

「せいちゅう」「なまちゅう」とか読まないでください。「なまなか」です。半分ナマで真ん中がヌメヌメ、ナヨナヨしているような感じのする言葉ですね。「中途半端」という意味ですが、それだけでなく「中途半端でとっても気持ちが悪い、具合が悪い」という思いも込められています。

類語としては、「生半可《なまはんか》」「生半尺《なまはんじゃく》」「なまかじり」「にわか」「うわべだけ」のようなものがありますが、そのなかでも「なまなか」はやはり、かなり「中途半端さ」をあらわす言葉です。

「生」という漢字の下の部分には、「土」という字が書かれています。発見できましたか？　その上の部分には「先」という字の上の部分と同じ形が見えます。これは、「土」から出てきた「新芽」をあらわすものなのです。

この字源から考えると、「生」という漢字が「（葉の）先っぽ」という意味であることと、また「ヌメヌメ、ナヨナヨとしたナマの状態」であることもわかるのではないかと思います。

「中」を九〇度反時計回りにしてみると

それでは、「中」という漢字はどうでしょうか。

この漢字の訓読みには「なか」というものと「あた（る）」というのがありますが、その意味は、「中」という漢字を九〇度反時計回りにしてみるとよくわかります。

この字は、対象とする「的《まと》」の真ん中に、矢がまっすぐ突き当たっていることをあらわしているのです。つまり「真ん中」という意味の「なか」であり、また「真ん中」に「あたって（いる）」ことを意味しているのです。

「生中」という言葉に「中途半端」の意味が見え隠れするのもちょっと感じられるでしょうか。

まだきちんと成長していない、新芽のような「中途半端」なものが、「矢を射て」手に入ってしまったという語感がある言葉なのです。

内田百閒　明治22〜昭和46年（1889〜1971）

岡山県岡山市出身。夏目漱石の『吾輩は猫である』を読んで漱石に心酔し、二一歳のとき、漱石の門下となりました。

内田百閒の作品には、幻想的で不思議な不気味さが漂っています。ここに挙げた『大晦日』は『続百鬼園随筆』（昭和九年）のうちの一篇です。

内田百閒は、教員をしながら窮乏《きゅうぼう》生活のなかで、文章を書いていました。大晦日は借金を返さなければならない日ですが、そのとき、百閒は何を思ったのか、ということがユーモアたっぷりに記されています。

糖衣《とうい》　糖衣を脱いだ地声　幸田文《こうだあや》

「どちら？」と、案外奥のほうからあどけなく舌ったるく云いかけられた。ちらちら窺《うかが》うと、ま、きたない目見《めみ》えの女中だと紹介者の名を云って答え、ちらちら窺うと、ま、きたないのなんの、これが芸者家の玄関か！

「え？　お勝手口？　いいのよ、そこからでいいからおはいんなさいな。」同じその声が糖衣を脱いだ地声になっていた。

幸田文『流れる』

「オブラートに包む」という言い方も

「糖」という字の右側の「唐」は、杵《きね》で脱穀《だっこく》している様子をあらわしています。そこに「米」がついて、米を杵で脱穀している状態から甘みをあらわす漢字となりました。

昔の人にとって、お米の甘みは大変なご馳走《ちそう》だったのでしょう。

「糖衣」は文字どおり、甘い衣《ころも》です。糖衣というと、コマーシャルなどでもおなじみの「セイロガン糖衣A」を思い出す人も多いのでは。お腹《なか》の薬として知られる「正露丸」は、あのツンとくる独特な匂《にお》いとなんともいえない風味がトレードマークでもあるのですが、糖衣錠になってしまえば独特な匂いも味もなくなります。

糖衣とは、物理的に「甘い衣で包む」というそのままの意味で使われますが、もう一つ、「甘ったるい衣をかぶせて本性を隠してしまう」といった意味ももっています。

似た表現に「オブラートに包む」という言い回しがあります。苦い薬を包むように、言いにくいことを、遠回しな表現や、やわらかな言葉を使って伝えることを「オブラートに包んだ話し方」と表現したりします。

オブラート、若い人はあまりご存じないかもしれません。薄いペラペラのデンプン質の膜《まく》のようなもので、カプセルなどが一般的ではなかった時代は、これに苦い粉薬を包んで飲み下したものでした。語源はドイツ語。ドイツから日本にオブラートが伝わったのは明治の初め頃だったようです。

明治の文人《ぶんじん》である国木《くにき》田《だ》独歩《どっぽ》、彼の最後の作品となった『病牀録《びょうしょうろく》』のなかに「恋は多く人生の苦みを包むオブラアトなり」という名言が登場します。苦い人生も恋のオブラートで包めば、甘く切ない味わいのままに飲み込めるかもしれませんね。

「本性を隠す」感じがよく伝わる

現代では、「糖衣に包む」ではなく「オブラートに包む」の言い回しのほうが広く一般的に使われるようになっています。

しかし、頑《かたく》なに「糖衣」を使う作家もおりました。

文豪・三島由紀夫《みしまゆきお》は、昭和四三（一九六八）年に発表した『文化防衛論』の「戦後民族主義の四段階」という項目のなかで「ナショナリズムの糖衣をかぶったインターナショナリズム」と当時の左翼の民主主義を痛烈に批判しています。

幸田文も、目見え（奉公人が、その家にまず試みに使われること）の女中とわかったとたんに、作り声をやめた地声を「糖衣を脱いだ地声」と表現しています。甘ったるい作り声をする人は、いつの時代もいるものですね。その作り声をやめてガラリと変わった地声。「オブラート」よりも「糖衣」のほうが、しっくりくると感心します。

幸田文　明治37～平成2年（1904～1990）

明治の文豪・幸田露伴《ろはん》の次女として東京の下町（現・墨田区東向島《ひがしむこうじま》）に生まれました。早くに母を亡《な》くし、結婚相手の稼業《かぎょう》はうまくゆかず、生まれた子どもは病気がち、さらに離婚と苦労の多い人生を歩みますが、父の露伴から生活のあらゆることを丁寧に学んで育った文は、父を看取《みと》った後、四〇代で作家としてデビューしました。露伴は漢学や和学を学んだ教養の人。西洋的なものを取り入れたがった当時の風潮とは一線を画し、筋を通した父の背中を見て育った文でした。

文は露伴の死後、文筆家としてデビューしますが、その後まもなく筆を擱《お》き、柳《やなぎ》橋《ばし》の芸者置屋《おきや》で女中として働きはじめます。そのときの経験をもとにして昭和三〇（一九五五）年にまとめたのが『流れる』でした。変わりゆく時代のなか、没落しかけた置屋に生きる芸妓《げいぎ》たちの姿を、文ならではのみずみずしい観察眼がとらえ、繊細な筆致で描き出した代表作の一つです。

耄碌《もうろく》

耄碌していたらしい　小沼丹《おぬまたん》

一体爺《じい》さんはどんな気持でいるのかしらん？　大寺さんはそんなことに関心を持ったこともある。しかし、その頃爺さんは耄碌していたらしいから、案外何でもないのかもしれない、と大寺さんは思うようになった。しかし、そう思うと何だか淋《さび》しい気がした。

小沼丹『藁《わら》屋根』

耄碌の意味はさまざま

「あの人も、すっかり耄碌しちゃったね……」なんて、あまりいわれたくはないものですが、耄の漢字は、「老」の下に「毛」と書きます。儒教《じゅきょう》の経典の一つである『礼記《らいき》』では、「耄」と書いて、八〇歳、九〇歳の高齢者のことを表現しています。いわゆる「老人」です。

一方の「碌」の字は、小石がたくさんあるさまから、役に立たないもの、という意味で使われます。「禄」という漢字と読み方は一緒、見た目も似ているので間違いやすいのですが、かたや「禄」は、お給金などのことを意味する漢字ですから、意味は正反対です。混同しないようにご注意ください。

さて、耄碌には三つの意味があります。一つめが「老いぼれる」さま。二つめが、「上方《かみがた》で、武家奉公の下男」のこと。三つめが、上方で、喧嘩《けんか》やゆすり、つまり「カツアゲをする人」のことです。

現代では「耄碌」は、ほとんどが一つめの意味で使われていますが、たとえば、徳島県では「無頼漢《ぶらいかん》」をあらわす言葉として使われていますし、新潟の佐渡では「寝ぼける」ことを「耄碌する」というそうです。あるいは、長野の佐久《さく》市では「慌《あわ》てふためく」ことを「耄碌する」というのだそうですから、じつにさまざまな意味を含んだ言葉なのです。

味わいのある悪態言葉

ところで、江戸時代には当て字で「亡六」と書くこともありました。「六」には「ろくでなし」という意味が込められています。

「宿六《やどろく》」という言葉をご存じでしょうか？　「宿のろくでなし」＝「ろくでもない宿の主人」ということで、妻が夫のことを「うちの甲斐性《かいしょう》なしが」といった意味合いで「うちの宿六が」と使ったりするのです。

耄碌であれ、宿六であれ、親愛の気持ちが込められた言葉であって、とげとげしい毒を含んだ悪態とは異なります。そこはかとなくユーモラスで親しみの情が漂い、使い手の体温を伝えてくれる味わいのある言葉なのです。

小沼丹　大正7～平成8年（1918～1996）

東京生まれ。学生時代より執筆をはじめ、短編『千曲川《ちくまがわ》二里』を発表します。この作品が掲載された雑誌「白金文学」を井伏鱒二《いぶせますじ》に送ったことから、井伏との親しい交流がはじまります。英文学の研究者でもあり、のちに母校である早稲田大学の教壇に立ちます。美しい文体の小説や随筆をいくつも残した作家でした。

『藁屋根』は小沼が昭和三九（一九六四）年に『黒と白の猫』で書きはじめた「大寺さんもの」の作品群の一つです。愛する妻・和子の急死という人生の大きな試練を経て、小沼は大寺さんという登場人物をこの世に送り出します。昭和四七年に書かれた『藁屋根』を含め、「大寺さんもの」は一二作品にものぼりました。

薫風《くんぷう》

薫風とつづけて風の名となす　正岡子規《まさおかしき》

ただ夏の風というくらいの意に用いるものなれば「薫風」とつづけて一種の風の名となすにしかず。けだし蕪村《ぶそん》の烱眼《けいがん》は早くこれに注意したるものなるべし。

正岡子規『俳人蕪村』

爽《さわ》やかな初夏の風

薫る風。読むだけで、爽やかな風が吹いてくるようです。若葉がその勢いを増す初夏、日に日に濃くなる草木の緑を通して吹いてくる心地よい風のことを「薫風」といいます。

唐の時代の詩人、『長恨歌《ちょうごんか》』で知られる白居易《はくきょい》も、「首夏南池独酌詩（首夏《しゅか》、南池《なんち》に独酌《どくしゃく》するの詩）」のなかで、「薫風南より至り　我が池上の林を吹く」と詠《よ》んでいます。

——馥郁《ふくいく》たる初夏の風が、目の前の池の上を渡り、林の木々の間を抜けていきます。なんとも爽やかで清々《すがすが》しい光景ですね。

一方の日本では、平安時代の貴族であった菅原道真《すがわらのみちざね》が、次のような歌を詠んでいます。

「東風《こち》吹かば匂《にお》いおこせよ梅の花主《あるじ》なしとて春を忘るな」

「東風」とは、春に吹いてくる東風のこと。大宰府《だざいふ》へ左遷《させん》されることになった道真が、京を去るときに邸《やしき》の庭の大好きな梅の花を前に詠んだ歌だといわれます。

——東風が春を運んできたならば、風にのせて香りを届けておくれ、梅の花。主人がいなくなっても、春を忘れないでいておくれ。

東風が運ぶほのかな梅の香りが甘ければ甘いほど、胸に寂しさがこみ上げてくるような歌です。

季節をあらわす風の言葉いろいろ

風を使って季節をあらわす言葉はたくさんあります。新年最初の東風である「初東風《はつごち》」。春のお彼岸の頃に吹く西風は「涅槃西風《ねはんにし》」。あるいは、初夏に吹く南東風は「黄雀風《こうじゃくふう》」。梅雨《つゆ》入りした頃に吹く南風は「黒南風《くろはえ》」、梅雨明けした頃の南風は「白南風《しろはえ》」

と呼ばれます。風は、いつも真っ先に季節の移り変わりを告げてくれる自然界のメッセンジャーなのかもしれません。

「薫」という字の下の四つの点は、火が燃えているさまをあらわしています。その上の「重」は袋に何かが詰められている状態。そこに「くさかんむり」がついていますから、草を詰めた袋が火で燻《いぶ》されている状態をあらわしているのが「薫」です。草が燻されると、香ばしいよい香りがします。「薫」という文字は、香りのよい草を意味する漢字だったのです。

「薫風」、若葉がキラキラと目に眩《まぶ》しい季節、その風のかぐわしさを愛《いと》おしむ気持ちが伝わってくるような言葉ではありませんか。

正岡子規　慶応3〜明治35年（1867〜1902）

愛媛県松山市が誇る、近代日本を代表する俳人・歌人である正岡子規。大学の同期であった夏目漱石とは人生を通して深く関わりあいました。やがて結核にかかってしまった子規は、三四歳という若さでこの世を去ります。晩年、わずか一畳ほど

（病牀六尺）の狭い寝床にひたすら伏せっていた子規は、庭から吹いてくる風を、どのように感じていたのでしょう。その風は頰を優しく撫《な》でたのでしょうか、あるいは、その風すら病み衰えた体には痛く苦しいものだったのでしょうか。

明治の当時、人気のあった江戸期の俳人といえば松尾《まつお》芭蕉《ばしょう》。芭蕉のかげで、与謝《よさ》蕪村の存在感はすっかり薄くなっていました。しかし、蕪村の俳句に大きく影響を受けた子規は、『俳人蕪村』で彼の作品のすばらしさを丁寧に読み解きます。後世に蕪村の魅力を伝えることになった貴重な一冊です。

岨《そば》

島崎藤村《しまざきとうそん》

岨づたいに行く

木曾路《きそじ》はすべて山の中である。あるところは岨《そば》づたいに行く崖《がけ》の道であり、あるところは数十間《けん》の深さに臨む木曾川の岸であり、あるところは山の尾をめぐる谷の入口である。

島崎藤村『夜明け前』

険しい場所を一語であらわす

「岨」には、読み方がたくさんあります。「そば」とも「そわ」とも読みますし、そのほか、「そ」「はば」「はま」あるいは「そばだ（つ）」とも読みます。

岩が積み重なったところ、山の険しいところ、といった状態をあらわすことから、「険しさ」をあらわす言葉として使われます。

字の右側は、土が重なっている様子をあらわしています。そこに「やまへん」がつくことで、土の重なりの高さがよりいっそう際立《きわだ》ち、行く手を阻《はば》むような険しい場所を表現する漢字になっています。

岨だった山、岨道を通って、など、いまはあまり使わないかもしれませんが、平安末期にまとめられた西行《さいぎょう》法師の歌集『山家集《さんかしゅう》』に、この言葉が登場します。

「古畑のそばの立木にいる鳩《はと》の友呼ぶ声のすごき夕暮」

古畑の「そば」の立木。

当時、山中では草木を焼いて畑にする「焼き畑」がおこなわれていたそうです。一度焼かれた畑は地力が衰えると放置され荒れ果てていきます。そんな畑の「そば」に立っている木、ということではありません。荒れ果てた山中の畑の「切り立った斜面」に立っているのです。「側」ではなく「岨」です。

さらにいうと、その木に止まっている鳩が仲間を呼んでいる声が「すごい」と褒《ほ》め称《たた》えているのではありません。「すごき」とは「寒々としている、物悲しい、ぞっとする」といった意味です。なんとも、うら寂しく物悲しい風景ではありませんか。

古畑の岨、というわずかな言葉で、切り立った山中の寂《さび》れた畑の斜面がまぶたに浮かぶようです。

「嶮岨《けんそ》な顔つき」とは？

あるいは、いまも使いやすい言葉としては「嶮岨」という熟語があります。「険阻」とも書きます。「嶮」も「険」も、どちらも同じ「険しい」という意味。そして「岨」も「阻」も同様に、「険しさ」をあらわしますので、険しいうえにも険しい、とてつもなく険しい様子が読み取れる熟語です。

「阻」は「はばむ」という読み方や「阻止」などの言い回しでよく使われていますが、「行く手が阻まれるほど険しいさま」と「岨」と同様の意味をもっています。

「嶮岨（険阻）」は、険しい地形のことを意味する場合もあれば、とげとげしい険しい表情などをあらわす言葉として使われることもあります。

「嶮岨な顔つき」「嶮岨な様子」などといわれたくはないものですね。

島崎藤村　明治5～昭和18年（1872～1943）

筑摩《ちくま》県馬籠《まごめ》村（現・岐阜県中津川市馬籠）の本陣、問屋《とんや》、庄屋を兼ねる旧家に生まれた島崎藤村。本名は島崎春樹《はるき》といいます。幼い頃より、平田派の国学者であった父から論語などを学んだ藤村は、九歳のときに勉学のために上京します。明治学院を卒業後、みるみる文才を顕《あらわ》した藤村は雑誌「文学界」の創刊に参加。出発は詩人でしたが、のちに小説家となり、自然主義作家として広く世に知られるようになったのでした。

『夜明け前』は藤村の代表作といえる小説でしょう。幕末から明治維新にかけての時代を、庄屋の当主・青山半蔵の生きざまを軸に描いた長編歴史小説です。昭和四年から「中央公論」にて連載がはじまった本作は、激動の変革のなかで日本が選択したもの、そして、そこからこぼれ落ちたものを、半蔵の姿を通して迫力ある筆致で描き出します。半蔵のモデルはじつは藤村の父親、島崎正樹であったことは有名です。

徒花《あだばな》　徒花なら花そのものでないまでも

大岡昇平《おおおかしょうへい》

二人で吉野に籠《こも》ることはできなかったし、桜の下で死ぬ風流を、持ち合せていなかった。花の下に立って見上げると、空の青が透いて見えるような薄い脆《もろ》い花弁である。

日は高く、風は暖かく、地上に花の影が重なって、揺れていた。

もし葉子が徒花なら、花そのものでないまでも、花影《かえい》を踏めば満足だと、松崎はその空虚な坂道をながめながら考えた。

大岡昇平『花影』

「はかない恋」の代名詞

「徒花」には二つの意味があります。一つは、「咲いても実を結ばない花」で、これは「無駄花」とも呼ばれます。また、このような花のたとえから「みせかけだけで実《じつ》をともなわない物事」や「予測される結果をともなわないで終わること」という意味にもなりました。

もう一つの意味は、「咲いてもすぐ散ってしまうはかない花」です。これは、とくに「桜」についていわれます。また、ここから「はかない恋」をたとえていう言葉にもなりました。

さて「徒」という漢字を見ると、吉田兼好《よしだけんこう》の『徒然草《つれづれぐさ》』を思い浮かべる方も少なくないのではないかと思います。

「つれづれなるままに、日暮《ひく》らし硯《すずり》にむかいて……」という序文はとても有名ですが、「徒然なる」という言葉は、ふつう「ひまでひまでしかたがなく」とか「ほかに何もすることがなく」というふうに解釈されています。

「徒花」の「徒」も「むなしく、ただ徒《いたず》らに」咲く花だと思えば、「徒然」の意味と重なって、わかりやすいのではないかと思います。

春の淡雪のような哀《かな》しさ

ところで、「徒」という漢字は「行く」ということをあらわす「彳」と、「土」と、「足」を意味する「止」が組み合わさって作られています。

ここから、この「徒」という漢字のもともとの意味は、「人が足を使って陸路をとぼとぼ歩く、とくに目的もなく当てもなく歩く」というものだったと考えられます。

藤原行家《ふじわらのゆきいえ》という鎌倉時代の歌人に、こんな歌があります。

「風をだに待つほどもなきあだ花は枝にかかれる春の淡雪」（『建長八年百首歌合』）

――風を待つほどもあるまい、あの徒花は、まるで枝についた春の淡雪のようにすぐに消えてしまうだろう。

「徒花」という言葉を使った、なんとも哀しくむなしい心をあらわした歌ではないかと思うのです。

大岡昇平　明治42～昭和63年（1909～1988）

『俘虜記《ふりよ》』『レイテ戦記』『野火』などの戦争ものを書いた小説家として知られますが、じつはフランス文学者で、ラディゲの小説『ドルジェル伯の舞踏会』に着想を得た『武蔵野《むさしの》夫人』などの姦通《かんつう》小説なども書いています。

白洲《しらす》正子《まさこ》の友人で、小林秀雄《こばやしひでお》、河上徹太郎《かわかみてつたろう》などの愛人だった坂本睦子《さかもとむつこ》という女性を、大岡昇平は愛人にしていましたが、睦子はあえなく自殺します。『花影』は、この睦子をモデルとした小説で、新潮社文学賞と毎日出版文化賞をダブルで受賞しました。

径路《けいろ》

当然の径路というもんだろう

葛西善蔵《かさいぜんぞう》

どうせ俺のような能無し者には、妻子四人という家族を背負って都会生活の出来ようはずがない。田舎へ帰って来たのは当然の径路というもんだろう。

葛西善蔵『贋物《にせもの》』

縦糸と横糸が織りあげていくように

「径路」とは、物事がたどってきた筋道、とるべき手順のことです。そう聞くと、単なる「ルート」のように思うかもしれませんが、じつは、深い意味が込められています。

「径路」の「径」は、かつては「徑」と書きました。この右側の「巠」の字は、全体で機織《はたお》りの様子をあらわしています。上部にある「くくく」が三つ並んだようなところは、機織りの縦糸が伸びているさま。下の「工」は縦糸の間に横糸を滑らせていく道具の形を示しています。

縦糸と横糸を組み合わせて機で織りあげていくさまから、「徑」の字は、何かをなし遂げる、作り上げる、という意味になりました。

そして、何事かをなし遂げるための方法、そのためにとるべき道筋のことを「径路」と書くようになったのです。

「孟母《もうぼ》断機《だんき》」の教え

ところで、有名なことわざに「孟母断機」というものがあります。ご存じですか？

孟母とは、孟子《もうし》（中国戦国時代の思想家）の母親のこと。

学問を途中で放り出して孟子が帰ってきてしまいました。すると、孟子の母親は、それまで自分が作っていた織り途中の機の糸をぶちっと切って、もう少しで完成するところだった織物を台無しにしてしまいます。

驚いた孟子に向かって、母親は「あなたが途中で学問を放り出したということは、この、途中で糸を断ち切られてしまった織物と同じようなものなのですよ」といって、孟子を戒《いまし》めたといいます。

縦糸と横糸がひたすら織り込まれてつながっていくからこそ、一つの形になるのであって、それを途中で断ち切るということは、それまでの営みもすべてが無駄になる。それほどまでに、「徑」とは、なし遂げるべき大切な何ものかをあらわす言葉なのです。

ちなみに、儒学の古典的な経典のことを「経書《けいしょ》」といいます。古代からずっとつづいている教えで、これを守らなければ人間が人間でなくなってしまうような大切な教えが書かれています。人として生きるための大切な筋道が書かれている書、だから「経」の字が使われているのだと納得できるでしょう。

「径」も「経」も、右側の「巠」が使われている点で、同じく大切な筋道をあらわす漢字なのです。

葛西善蔵　明治20～昭和3年（1887～1928）

貧困のなか酒に溺《おぼ》れながらいくつもの私小説を書き上げ、四一歳という短い生涯を終えた葛西。彼の作品には、悲惨ともいえる生活の実体験のなかから生まれてきた物語が多くあります。『子をつれて』は、家賃滞納の末に追い出され、子どもの手を引いて街を彷徨《さすら》う男の追い詰められてゆくさまを克明に描き、話題になりました。

『贋物』は、生活に窮した書けない作家が故郷に帰り、妻子と再起をはかるもうまくゆかず、弟から金策にと手渡された掛け軸がいずれも贋作《がんさく》だったとわかって八方塞《ふさ》がりになっていく話です。生活が破綻《はたん》しても他の労働はできない作家の悲哀が行間に滲《にじ》みます。

蒙昧《もうまい》　坂口安吾《さかぐちあんご》

蒙昧な時代

そういう記録が一式揃《そろ》って蘇我邸《そがてい》に在ったというのは分るが、蘇我邸にだけしかなかったということはちょッと考えられないことだね。文字の使用者が聖徳太子《しょうとくたいし》と馬子《うまこ》に限られていたという蒙昧な時代ではなかったはずだ。それらの記録は蝦夷《えみし》とともに焼けた。

坂口安吾『安吾新日本地理』「飛鳥の幻」

「蒙」の中にいる愚かなブタ

無知蒙昧、などという言い回しで使われたりします。知恵も知識もなく、大変に愚かなことをあらわす四字熟語です。

「蒙昧」と書くと「曖昧《あいまい》」と似ているのかと思われるかもしれませんが、「蒙」の字にとくに重要な意味が込められています。

いちばん下についている「豖」の字はブタをあらわしています。ここでのブタは、少し気の毒ですが「ばかもの」という意味で使われています。愚かなブタの上に覆《おお》いのようなものがかぶさって、ますます愚かさの度合いが増しています。

さらにその上には「くさかんむり」。草までのせられたブタは、より一層物事がきちんと見えなくなっている。大変に愚かであるさまを「蒙」の字は表現していたのです。

ですから「啓蒙《けいもう》」というのは、愚かな人たちを「啓《ひら》く」こと。「啓」には、戸を開いて、光が降り注ぐようにする、という意味があり、物事が見えていない人たちの目を開かせることが「啓蒙する」ことです。

昔の知識人の驕《おご》りが滲《にじ》み出てくるような漢字ですね。かつては、読み書きができるということ自体が特権的なことだったからでしょう。

「蒙＋さんずい」「蒙＋つきへん」の字

ところで、「蒙死《もうし》」という言葉をご存じですか？　これは、死ぬことも恐れずに物事に突き進んでいくさまをあらわします。猪突猛進《ちょとつもうしん》、死をも恐れぬ勇敢な人……というよりは、「後先も考えないばかもの」というニュアンスが込められています。

同様に「蒙幼《もうよう》」は、物事の道理をまったくわかっていない幼稚なさまをあらわす言葉。

ちなみに、「蒙」の漢字に「さんずい」をつけた「濛」は「濛々《もうもう》たる」といった具合に、煙や砂塵《さじん》などが立ち込めて視界がきかないさまをあらわすときなどに使われます。

「つきへん」がついた「朦」は「朦朧《もうろう》」という言葉で用いられますね。睡眠薬の飲みすぎで意識が「朦朧とする」など、いずれも、意識がぼんやりしたり視界がぼやけていたりするので、草や覆いで覆われたブタが、周囲も見えず途方に暮れているさまからイメージするとわかりやすいでしょう。

では「蒙昧」の「昧」の字はどうでしょう。

「昧」と似ていますが、左側は「口」ではなく「日」であるところに意味があります。「未」は木の梢《こずえ》の細い枝。「昧」は、日の光が、細い枝のように微《かす》かで見えづらいさまをあらわしていて、「蒙」の意味を補完していると考えればよいでしょう。

教育には、主権者である民一人ひとりの目を開いていく、まさしく「啓蒙」ということに最も大切な役割があります。権力というものは暴走あるいは腐敗してしまいがちなのですから、民は「蒙昧」であってはなりませんね。

坂口安吾　明治39〜昭和30年（1906〜1955）

安吾といえば、戦後間もなく発表した『堕落論《だらく》』でしょうか。戦中の道徳観がガラガラと音を立てて崩れ落ち、廃墟《はいきょ》の中で心身ともにボロボロになっていた人々に、「堕《お》ちるべき道を堕ちきって生きよ」と斬新《ざんしん》な価値観で人間性の深遠さを問いかけ、世の中に衝撃を与えたのでした。安吾の魅力は、その独特な人間観察、社会観察の鋭さといえるでしょう。

『安吾新日本地理』は昭和二六年三月から「文藝春秋」に連載をはじめた歴史考察文です。安吾らしい感性で歴史をとらえ直した文章は、のちの作家たちにも大きな影響を与えました。『安吾史譚《したん》』や『安吾新日本風土記』と並んで「安吾歴史三部作」といわれています。

秀雅《しゅうが》

秀雅にして高からぬ山　吉川英治《よしかわえいじ》

孔明《こうめい》の帰ってくるまでは、そこにたたずんででもいたいような玄徳《げんとく》であったが、是非なく、童子に言伝《ことづ》てを頼んで悄然《しょうぜん》、岡の道を降りて行った。

秀雅にして高からぬ山、清澄《せいちょう》にして深からぬ水、茂盛した松や竹林には、猿や鶴《つる》が遊んでいる。玄徳は、ここの山紫《さんし》水明《すいめい》にも、うしろ髪を引かれてならなかった。

吉川英治『三国志』「孔明の巻」

秀雅な山＝なだらかな稜線《りょうせん》の山

「秀雅」は、読んで字のごとく、秀《ひい》でて雅《みや》びであること、つまり大変に優雅なさまをあらわします。

まずは「秀」という漢字に着目してみましょう。上部の「禾」は、稲のようなものがすーっと高く伸びていることをあらわしています。そして下半分の「乃」は、文字どおり「乃ち《すなわ》」ということを意味します。

つまり、「確かにすーっと高く伸びているよ」と確認しているわけです。すっと高く目立っていることから、人よりも優れているさまをあらわす漢字となったのです。

では、一方の「雅」はどうでしょうか。左の「牙」はキバをあらわし、右側の「隹」は小鳥をあらわします。小鳥とキバ。どうも雅びさを感じない取り合わせだな、と思われたでしょうか。でも、カギは「隹」にあります。ギザギザと尖《とが》っていた「牙」が、いろいろな人たち（小鳥）と交わることで削れていき、なめらか、まろやかになっていくさまをあらわしているのです。

ですから、「秀雅な山」というと、鋭くそびえ立つエベレストのような山ではなく、なだらかな稜線の山がイメージされるのです。

明治一〇（一八七七）年に出された日本初の教育史の本『日本教育史略』では「又作文の秀雅なるは、高等の教育を受たる者の最も希望する所なり」と書かれています。秀雅な文章が書けるようになりたい！　という熱意が、人々を勉学に駆り立てていたのでしょう。

いまのように、だれもが文字を扱えてスマホで簡単に言葉を発信できる時代とは違い、文章を書いて伝えること、表現することがいかに特別なことであったかがわかります。

雅びな「が」音と尖った「ガ」音

ところで、「雅びさがある」ということを「雅致《がち》がある」といいます。相撲《すもう》やプロレスなどの真剣勝負を「ガチンコ」ということから、必死になってやることを「ガチで勝負」「ガチバトル」などといったりするようですが、その「ガチ」とは対極の「雅致」です。

ちなみに「雅致」の場合の「が」音は、g音ではなくng音です。「んが」という、いわゆる鼻にかかった鼻濁音《びだくおん》。鼻濁音ではない尖ったg音の「ガ」行がお江戸に入ってきたのは天明三（一七八三）年、浅間山の大噴火がきっかけでした。

その前に東北地方などで冷害による大飢饉《だいききん》が発生していたところへ、追い打ちをかけるような大噴火でした。多くの人々が江戸へ押し寄せ、下町で働きはじめました。彼らが話す、いわゆる鼻濁音ではないg音の「ガ」行が、その際に江戸に広まったといわれています。

銭湯で客の背中を流す三助《さんすけ》の多くが東北からの避難者でした。式亭三馬の『浮世風呂』の凡例にはg音をあらわすために「がぎぐげご」と表記すると書かれています。

吉川英治　明治25～昭和37年（1892～1962）

父の稼業《かぎょう》のトラブルなどで子ども時代から青年時代にかけては苦労つづきの英治、小学校を中退すると、さまざまな職を転々としながら次第に文筆の道へ。子ども時代から文才を見せていた英治は、新聞社勤めをへて、大衆娯楽雑誌にはじめた連載で一躍人気作家になりました。彼の書いた『宮本武蔵』はまさしく大衆小説の代表作といえましょう。

『三国志』は「中外商業新報」（現・日本経済新聞）の連載小説として昭和一四年八月にスタートしました。連載終了は昭和一八年九月。およそ四年の歳月をかけて紡《つむ》ぎ出された歴史長編は、その後単行本として出版され、現在にいたるまで文庫版や全集など、さまざまな形で読み継がれています。

厚誼《こうぎ》　厚誼には感謝したが　内田魯庵《うちだろあん》

二葉亭は厚誼には感謝したが、同時に頗《すこぶ》る慊《あきた》らなく思っていた。が、三山の親切に対して強《しい》て争う事も出来ずに不愉快な日を暮す間に、大阪の本社とは日に乖離《かいり》するが東京の編集局へは度々出入して自然親《したし》みを増し、折々編集を助けて意外な新聞記者的技倆《ぎりょう》を示した事もあった。

内田魯庵『二葉亭四迷の一生』

相手の厚い親切心を敬った表現

「厚誼」とは、なんとなく堅苦しいイメージがありますが、「平素よりご厚誼を賜《たまわ》り、感謝申し上げます」といった具合に、ビジネスシーンでも多用できる便利な言い回しです。

そもそもは、手厚い誼《よし》み、という意味の言葉。手厚い誼み、といっても、なんのことやらピンとこない、という方もおられるでしょうか。深い親しみの気持ちを丁寧に言いあらわしたもの、相手の親切、厚い親切心を敬った表現です。

「厚」は、分厚い、という言葉などからわかるように、ものの厚みがあるという意味です。「厂（がんだれ）」は崖《がけ》の形をあらわしています。「がんだれ」の中には「日」と「子」が上下に並んでいるように見えますが、じつはもともとの「厚」の字は、「がんだれ」の中に「高」という字が逆さまに入っているものでした。

なぜ「高」が逆さまなのか。

それは、崖の下から、地層が重なった分厚い崖の断面を見上げている、という様子を意味していたからです。崖は上から見下ろしても、その断面の分厚さはなかなか見えません。下から見上げることで、いかにその断面が分厚いのかが一目瞭然《いちもくりょうぜん》に見てとることができるでしょう。

神に捧《ささ》げる丁寧な祈りの言葉

「誼」の字の右側の「宜」は、まな板の上に肉を積み重ねた状態をあらわします。「宀」がついているので、神殿の中であることがわかります。つまり、神様に捧げるために肉を何枚も分厚く積み重ねているのです。

そこに「ごんべん」がついているので、つまり、神に捧げる正しい丁寧な祈りの言葉のことをあらわしています。神様に捧げる気持ちですから、正しく丁寧で、そして深い親しみがあります。それがそのまま「誼」の意味となっています。

「厚誼」が、どれほど、相手の深くて丁寧な親切さをあらわす言葉なのか、おわかりいただけたことと思います。目上の人のご親切に感謝の意を表したいときには、ぜひ積極的に活用してください。

内田魯庵　慶応4〜昭和4年（1868〜1929）

魯庵はドストエフスキーの『罪と罰』、トルストイの『復活』をはじめ、モーパッサン、ディケンズなどの海外の名作を次々に翻訳したことでも知られる文筆家です。自身で小説も書きましたが、優れた評伝や随筆なども数多く残しています。

二葉亭四迷と親交の厚かった魯庵でしたが、二葉亭の死後、二葉亭とはいかなる人であったかを後世に伝えたい、という思いのままにまとめた一編が『二葉亭四迷の一生』です。赴任先のロシアで病を得て、日本へと向かう船の上で無念の死を遂げるまでの彼の人生を描き「彼の人生こそが小説であった」と締めくくっています。

謦咳《けいがい》　先生のご謦咳に接したい

横溝正史《よこみぞせいし》

わたしこそ一度先生のご謦咳に接したいと思っていたところでした。

横溝正史『スペードの女王』

お目にかかれてありがたい気持ち

「謦咳に接する」「謦咳に触れる」というフレーズで覚えましょう。このフレーズで、目上の方に、直接にお目にかかる、ということをあらわします。

では、「謦咳」という言葉自体のもつ意味はなんでしょう。

「謦」という漢字。これは、ほとんど音も立たないような、小さく、ささやかな咳《せき》のことをあらわします。咳というほどでもないかもしれません。つまり、日常、ふっと喉《のど》から漏れる、ささやかな音、というイメージです。

一方の「咳」は、ご存じ、ゴホンゴホンと風邪の季節になると出てくる厄介者《やっかいもの》ですね。つまり、小さくて音も立たないようなささやかな咳から、大きなゴホンゴホンという咳まで、どちらも、ということで、日常のふるまい全般をあらわすのが「謦咳」という言葉。

それに接するわけですから、直接、お目にかかる、という意味になるわけです。しかし、友だちに会うときには使いません。「親友の謦咳に接した」とはいわないのです。

あくまで、とっても偉い人、会いたいけどなかなか会うこともかなわないような人に、直接、触れることができた！　という場合にのみ「謦咳に接した」と表現できます。

実際、偉くも憧《あこが》れてもいない人の咳やら謦やらに触れたって、ありがたくもなんともありませんからね！

咳＝喉に種が貼《は》りつくような不快感

ちなみに、「咳」の右側は「亥《いのしし》」です。

干支《えと》の十二支はご存じですね。子《ね》、丑《うし》、寅《とら》……とつづいて、最後に、申《さる》、酉《とり》、戌《いぬ》、亥《い》となります。じつは、これは、植物のめぐりめぐって循環するさまをあらわしています。

「子」は芽生え。「丑」以降、どんどんと生長していきます。そして、最後の「亥」は種の状態です。土の中に入って身動きできない状態。そこから再び「子」となって芽生えていくのです。つまり、「亥」には種（＝核）という意味もあり、かつては「かく」とも読みました。

そこで、再び「咳」の字に戻ってみましょう。

口に「亥」。つまり、咳というのは、喉に種が貼りついているような不快な状態で、それを振り払うために「グワー」と出すのが「咳」である、というわけです。

そういえば、梅核気《ばいかくき》という喉の病気があります。喉に違和感を覚えるという症状。喉に梅の種でも貼りついたような不快感を、漢字からもひしひしと感じ取ることができます。

横溝正史　明治35〜昭和56年（1902〜1981）
横溝正史といえば金田《きんだ》一耕助《いちこうすけ》シリーズでしょうか。『犬神家の一族』や『八つ墓村』など、映画やドラマ化された作品も多く、おどろおどろしいビジュアルとともに作品を思い浮かべる人も多いでしょう。日本の推理小説界のエースと呼ぶにふさわしい作家です。

『スペードの女王』は昭和三三（一九五八）年六月、「大衆読物」に掲載された短編をベースにした長編の推理小説です。おなじみの名探偵金田一耕助シリーズの一つで、横溝お得意の首なし死体が登場します。似たような設定が多いのですが、そこは筆力のある横溝、ついつい最後まで引き込まれてしまうのです。

恬然《てんぜん》

恬然としている　斎藤茂吉《さいとうもきち》

町内に住む上《かみ》さんが来て此処《ここ》の亭主と何か話しているのを聞くと、訛《なまり》が多くて僕には非常に分かりにくい。上さんも亭主も、僕が日本人だなどということを気にせぬらしく、恬然としているところは、民顕《ミュンヘン》の人などとは丸で違っていた。

斎藤茂吉『ドナウ源流行』

「舌」＋「りっしんべん」＝心が平らか

「恬然」とは、静かで安らか、穏やかなさまを意味します。

この熟語を見たことのない人には、「恬然」＝「てんぜん」と読めないかもしれませんね。右側が「舌」ですから、つい「ぜつぜん」なんて読みたくなってしまうかもしれません。ですが、「てんぜん」です。

「舌」を使って「てん」と読む漢字はほかにもあります。「舌」に「甘」と書く「甜」の字もそうですね。舌の上にねっとりと甘いものがある、というところから、「甘い」「旨《うま》い」といった意味があります。「甜茶」と書いて「てんちゃ」と読み、甘いお茶全般を指します。

さて、「恬」の字の右側の「舌」は、いわゆる「ベロ」を意味するものとして使われているわけではありません。「舌」には、表面が平らになっている、という意味があります。「りっしんべん」がついているので、「心が平らになっている」のです。

つまり、心が安らか、穏やかなさまをあらわすのが「恬」の字。「平然」とか「泰然」と、似た意味をもっています。

「恬」をもって知を養う

古代中国の思想家である荘子《そうじ》の言葉に次のようなものがあります。

「古之治道者、以恬養知」

「古《いにしえ》の道を治むる者は、恬をもって知を養えり」と読みます。つまり、「かつて国を治めようとした人は、安らかな心持ちで知恵を養っていた」と説いたものです。「恬」をもって知を養う。「恬」の心持ちがいかに大切かを説いています。

「恬」を使った熟語に「恬淡《てんたん》」というものがあります。禅の世界でも使われる言葉で、無欲であっさりしているさま、自分の名誉や利益などに固執せず、心が落ち着いていて動揺しないさまを意味します。

現代の為政者たちも、何かことあるごとに怒りや感情をむき出しにするのではなく、「恬」の字を念頭に、知を養ってほしいものだと切に願います。

斎藤茂吉　明治15～昭和28年（1882～1953）

精神科医であり歌人でもあった斎藤茂吉は、すぐれた随筆もたくさん残しました。その子どもたちの斎藤茂太《しげた》や北杜夫《きたもりお》もまた、精神科医と作家という二つの顔をもって活躍しています。

『ドナウ源流行』は欧州留学中の大正一三（一九二四）年四月、復活祭の休暇を利用してドナウの源流を訪ねた体験を書いた随筆です。文中の「民顕《ミュンヘン》」は、ドイツの都市。茂吉は大正一二年からミュンヘンの大学で学んでいました。

瀟々《しょうしょう》　雨、瀟瀟　永井荷風《ながいかふう》

その年の二百十日はたしか涼《すず》しい月夜であった。つづいて二百二十日の厄日もまたそれとはほとんど気もつかぬばかり、いつに変らぬ残暑の西日に蜩《ひぐらし》の声のみあわただしく夜になった。

永井荷風『雨瀟瀟』

二文字重なると激しい状態に

「瀟」とは、またずいぶん難しい漢字……と思われるかもしれませんね。

この字を見て思い浮かぶのは「瀟洒《しょうしゃ》」という熟語ではありませんか。「瀟洒」の「洒」の字は「酒」ではありませんので、お間違えのないように。

「瀟洒な建物」など、何かの佇《たたず》まいを形容する言葉として使われることが多く、語呂《ごろ》の感じから「豪勢な」「ゴージャスな」という意味かと勘違いされることもありますが、その逆で、「さっぱりしていて上品なさま」をあらわします。「瀟」の字は、すっきりとしている、爽《さわ》やか、という意味をもっているのです。「さんずい」がついていることから、水の流れがすっきりとしているさま、細い水流が清らかに流れている様子、細かな雨がさーっと降っている様子などをあらわす漢字としても用いられます。

　ところが、この「瀟」の字が二つ重なると、様相はガラリと変わります。「瀟々」となると、風雨が大変に激しいさま、という意味になるのです。

「風、颯々《さっさつ》として、雨、瀟々たり」と書き連ねれば、風はびゅうびゅう、雨はざあざあ、というかなり荒れた空模様を表現することができます。

「颯」の字も、一文字だけであれば、「颯爽《さっそう》とした」という具合に爽やかさをあらわす言葉として使われるのですが、二文字重なることで激しさをあらわす言葉になるのです。

風光明媚《めいび》な景勝地の水墨画

　ところで、東京国立博物館には、「瀟湘臥遊図《しょうしょうがゆうず》巻《かん》」という南宋《なんそう》時代（一二世紀）の古い水墨画が収蔵されています。瀟湘というのは、中国は湖《こ》南《なん》省にある土地の名前。洞《どう》庭湖《ていこ》という大きな湖に流れ込む湘江《しょうこう》と瀟水《しょうすい》の流域で、風光明媚な場所として知られており、山水画に好んで描かれる景勝地です。澄んだ水の流れが織りなす景観美があるからこそ、その地名にも瀟の字があしらわれたのでしょう。

永井荷風　明治12～昭和34年（1879～1959）

官僚で実業家でもあった永井久一郎の長男として東京に生まれた永井荷風。文学に目覚めるかたわら米仏へ留学し、海外の文化への造詣《ぞうけい》も深めていきました。森鷗《もりおう》外《がい》や夏目漱石にその才能を認められ、谷崎潤一郎《たにざきじゅんいちろう》といった若い才能を見出《みいだ》し、慶應《けいおう》義塾大学の教授として数々の逸材を育てるなど日本の文学界に大きな影響をもたらした荷風でしたが、私生活は自由奔放。二度の離婚を経て、晩年は一人きりで暮らします。大正六（一九一七）年九月一六日から亡くなる前日の昭和三四年四月二九日まで、戦中の混乱期にも欠かさず書きつづけた日記『断腸亭日乗《だんちょうていにちじょう》』は有名です。『雨瀟瀟』は大正一〇年に発表された短編です。「わたし」が、親交のあった実業家のヨウさんのお妾《めかけ》さんにばったりと会い、ヨウさんに久しぶりに手紙を書こうと筆をとる……。つらつらととりとめなく進んでいくような文章ですが、漢詩やフランス詩などが挟み込まれた永井独特のリズムに思わず引き込まれていきます。紹介したのは、この作品の冒頭ですが、作品中には折々にさまざまな雨の描写が現れます。音もたたないような霧雨《きりさめ》や、二日二晩降りつづける雨、滝のような大雨……文章全体がしっとりと湿り気を帯びているように感じるのはそのせいかもしれませんね。

小絶《おだ》える

小絶えている雨が降りはじめ　円地《えんち》文子《ふみこ》

梅雨時のしんめり冷やかな午後であった。千賀子はその日も坂に出て、人気の絶えた往来の静かさに浸っていた。土手の灌木《かんぼく》の緑に半ば埋もれて額《がく》紫陽花《あじさい》の花が水色に二つ三つのぞいている。薄鈍《うすにび》て空に群立つ雲の層が増して、やがて又小絶えている雨が降りはじめるのであろう。

円地文子『妖《よう》』

辞書に載っていない言葉

「小絶える」という言葉は、『広辞苑』や『日本国語大辞典』などの辞書にも載っていない言葉です。すべての言葉が辞書に載っていると、われわれはややもすれば思いがちですが、辞書にない言葉を見つけること、そしてその意味を自分で考えて理解することも本を読む愉《たの》しみの一つとすることができます。

さて、「小絶える」という言葉は、引用文から類推すれば、「ほんの僅《わず》かの間止《や》んでいる（雨）」ということになるでしょう。

それにしても「小絶えている雨」という表現は、なんともいえない艶《なま》めかしい奥ゆかしさをもっている気がするのですが、いかがでしょう。

『万葉集』や『源氏物語』にもある表現

じつは、こういう「小（を）」の使い方は、すでに奈良時代からありました。

『万葉集』には、「言出《こちで》しは誰《た》が言《こと》なるか小山田《おやまだ》の苗代水《なわしろみず》の中淀《なかよど》にして」（巻四・七七六番）とあります。

――最初に言葉をおかけになったのは、どなたです？　そのくせ、山田の苗代の水のように、途中で途絶えたりして。

この「小」には、ほとんど意味はないのですが、こんなふうに使って、表現を和らげ優しい感じにする効果を与えているのです。歌の内容からしてもわかるように、女の人がちょっと拗《す》ねているような感じを受けるでしょう。

同じような使い方は『源氏物語』（夕霧）にも見えます。

「空のけしきもあはれにきりわたりて山の蔭《かげ》はを暗き心地するに」と書いてあります

が、「暗き心地するに」ではなく「お（を）暗き心地するに」となっているのです。

――空の様子もしんみりと霧が立ち籠《こ》めて、山の蔭は薄暗い感じがするところに。

ここでも「暗い」という言葉が優しく、和らげた表現になっていると感じることができるでしょう。

円地文子　明治38～昭和61年（1905～1986）

父親は、東京帝国大学文科大学で国語学を教え、同大学国語研究室の初代主任教授だった上田《うえだ》万年《かずとし》という人です。子どもの頃から父親に可愛《かわい》がられ、歌舞伎《かぶき》や浄瑠《じょうる》璃《り》などに親しみました。円地文子は、そんな経験が素養となった日本語らしい文体を書けた人でした。

『妖』は昭和三一（一九五六）年九月に雑誌「中央公論」に発表され、円地文子の文名を上げた作品です。

抗拒《こうきょ》

官吏《かんり》抗拒事件というのが起って

大杉栄《おおすぎさかえ》

いつもながら御無沙汰《ごぶさた》ばかりしていてまことに相済みません。先きの電車事件が有罪となり、また新たに官吏抗拒事件というのが起って、目下《もっか》私の在監中なのはすでに新聞紙や何かで御承知のことと思います。したがって定めて御心をなやましておいでのこととひそかにはなはだ恐縮しています。

父・大杉東宛、大杉栄書簡（『獄中消息』）

抵抗して拒否すること

「抗拒」という漢字を見れば、その意味はなんとなく推察できることでしょう。「抗《あらが》う」うえに「拒む」のですから、ものすごく強固な拒否であろう、ということはイメージできます。

実際の意味は、手向かいして拒むこと。抵抗して相手の行為を妨害すること。実力行使して拒むのですから、拒絶の度合いは相当です。

まず、「抗」の字を見てみましょう。右側は、手でぎゅーっと押しているさま、あるいは、ぐっとまっすぐに立っているさまをあらわします。それに「てへん」がついているので、ぎゅーっと腕で押して拒絶することを意味するのです。

もう一方の「拒」は、「拒否」「拒絶」などの熟語でおなじみです。右側の「巨」は「巨大」「巨人」といった使われ方が一般的なので、「大きな」という意味で理解されがちですが、長さを測る「定規」を意味する場合もあります。

実際、この漢字は定規のような形をしていますね。「巨」の文字の形が、長さを測る道具の目盛りをあらわしているのです。それに「てへん」がついており、手で押しとどめるような形で一定の距離を置いて「拒む」ことを意味します。

どちらにも「てへん」がついていることからもわかるように、相手を拒絶して避けるという受け身の姿勢ではなく、どちらかというと、自ら立ち向かうという感じもあります。

「抗拒不能」という法律用語

刑法上の法律用語で「抗拒不能」という言葉があります。これは、心神喪失以外の理由によって、心理的あるいは身体的に、抗拒することが難しくなっている状態です。たとえば、物理的に手足を縛られてしまったり、言葉や物などでいちじるしい恐怖を与えられ、心理的に拒絶できない状態におちいった場合を「抗拒不能」といいます。人が抗拒不能な状態にあることを利用し、あるいは積極的に抗拒不能にさせてわいせつな行為をすると「準強制わいせつ罪」に問われることになるのです。

大杉栄 明治18〜大正12年(1885〜1923)

近代日本のアナキストの一人です。軍人の家に生まれた大杉は、陸軍幼年学校へ通うものの態度は反抗的で、問題をたびたび起こして退学になります。上京して「平民社」という結社と出会い社会主義へ傾倒していった大杉は、弾圧を受け投獄されますが、運動への情熱が損なわれることはありませんでした。関東大震災に遭遇、震災の混乱がつづくなか、恋人の伊藤野枝《いとうのえ》とともに憲兵に連れ去られ憲兵隊本部にて殺害されます。この虐殺《ぎゃくさつ》を首謀《しゅぼう》したとされたのが甘粕大尉《あまかすたいい》、のちに満州へと渡り満州映画協会の理事長となる甘粕正彦《まさひこ》でした。

明治三九年に「電車賃値上げ反対デモ」で初めて逮捕されて以降、大杉栄はたびたび逮捕され投獄されます。文中に出てくる「官吏抗拒事件」とは、同四一年に起きた「赤旗事件」のことで、仲間の出獄歓迎会の場で赤旗を振って街中に飛び出した大杉ら社会主義者が一挙に検挙された事件でした。「官吏抗拒罪」とは、いまの「公務執行妨害罪」にあたります。さて、この『獄中消息』は、獄中の大杉が、家族や運動の仲間たちへ宛《あ》てて送った書簡をまとめたもの。その相手は、当時の内縁の妻の堀保子であったり、平民社を結成した幸徳秋水《こうとくしゅうすい》や堺利彦《さかいとしひこ》であったり、父の大杉東であったりするのです。終盤の手紙はもっぱら、女性関係がにぎやかだった大杉が最後に同棲《どうせい》していた恋人、伊藤野枝に宛てて書かれたものでした。

第2章 知ってる言葉・知らない言葉の意外な話

哀怨《あいえん》

哀怨な瞳《ひとみ》がからみつく

山田《やまだ》風太郎《ふうたろう》

十兵衛《じゅうべえ》の馬をとりかこみ、左右を進む八騎から、哀怨な、そのくせ情熱的な十六の瞳がからみつく。

山田風太郎『柳生《やぎゅう》忍法帖《ちょう》』

つらく苦しい哀《かな》しみをあらわす

「哀怨」とは、見るからに哀しげな言葉です。実際、心から嘆き悲しむことを意味しています。

まず「哀」という字を見てみましょう。

「衣」の上下がバラバラになって、間に「口」が挟まっています。これは、口を衣で覆《おお》わなければ嗚咽《おえつ》が漏れてしまう、というほどの悲しみを表現しています。

衣で覆っても、なお漏れ出てしまう哀しみの嗚咽。経験ある人ならば、その嘆きの深さを理解できることでしょう。

一方、「怨」は、なにやら禍々《まがまが》しく呪《のろ》い殺されそうな字ですね。「怨《うら》む」とも読みます。「怨霊《おんりょう》」などの単語では「おん」とも読みますが、今回は「えん」です。

「怨」の漢字の上半分は「死」をあらわしています。「死」の下に「心」がついて、「心が死んでしまってどうにもならない状態」を表現しているのです。つまり、心がすさまじく落ち込み、為《な》すすべもない状態です。

あるいは、つらい状況におちいり、発散することもできず、心が捻《ね》じ曲げられて動けなくなってしまった状態。

たとえば、だれかから陰湿ないじめを受けて、それを跳ね返すこともできず、かといって逃げ出すこともできず、その状態の中に押し込められることで感情が死んでしまう。大変につらく苦しい状態です。

心が真っ暗になって身動きがとれなくなってしまうほどの深い哀しみ、それこそが「哀怨」です。

「怨女《えんじょ》」とは？

さて、中国ではかつて「怨女」という言葉がありました。日本にも同じ言葉が伝わってきています。

これは、年頃になっても結婚できずに独身でいる女のことを指した言葉です。独り身のためひどく孤独で、心が真っ暗になって悲嘆《ひたん》に暮れている女、というイメージでしょうか。

なんてひどい！と思われることでしょう。独身でいるからといって、勝手に心を殺さないでほしいと思われる人も多いと思います。

もちろん、いまや、そんな言葉はほぼ死語になっていますが、かつては、婚期を逸《いっ》した女性に対する社会の目というのは、それほどまでに冷ややかだったのですね。そんな社会の目こそが「怨女」の心の苦しみの原因だったのではないでしょうか。

山田風太郎　大正11〜平成13年（1922〜2001）

忍法帖シリーズでおなじみ、大衆娯楽小説の代表的作家です。ミステリーや時代小説、戦争小説、ショートショートなど、ジャンルにとらわれない独特の作風で読者を魅了しました。没後は「山田風太郎賞」という文学賞が設けられ、「規格外の面白さをもつ！」と評されるような作品が毎年受賞しています。

『柳生忍法帖』は昭和三七（一九六二）年から二年間にわたって発表され、「十兵衛三部作」最初の長編です。剣豪の柳生十兵衛を助《すけ》っ人《と》に、七人の女性たちが悪の限りを尽くす藩主に復讐《ふくしゅう》を果たすという爽快《そうかい》なストーリーで、人気のマンガシリーズにもなりました。

ちょうりょう
跳梁　不良鴉《からす》が跳梁している

北原白秋《きたはらはくしゅう》

話にきくと、北海の鰊場《にしんば》には三角眼の不良鴉が跳梁しているそうである。子供の頭には乗っかる、突き飛ばす、赤銅色《しゃくどういろ》の漁師の腕はすり抜ける、嬶衆《かかあ》の洗濯物はばたつかす。

北原白秋『フレップ・トリップ』

亀《かめ》の甲羅を使った占い

「跳」の漢字は「足」に「兆」の字がくっついたもの。「兆」というと、千、万、億、兆……のように、数の単位をあらわすものを連想しがちですが、これはじつは、亀の甲羅に焼きごてを当てることで発生する、四方八方に広がる割れ目の形をあらわした象形文字です。

亀の甲羅にひび割れが走っている、そのさまを「兆」という漢字はあらわしているのです。たしかに、四方八方にひび割れが広がっているように見えますね。

　では、なぜ、亀の甲羅を焼いて裂け目を作ったりするのか。それは「占い」に深く関わっています。そもそも「占」の上の「卜」の字も、亀の甲羅がピシッと割れて裂けた形をあらわしたもので、実際、占うことを「卜《ぼく》す（る）」と表現します。

　つまり、「占」と「兆」のどちらも、亀の甲羅や牛の肩甲骨に焼いた火箸《ひばし》を当ててそのひび割れによって吉凶を判断する、昔ながらの占いを示す漢字だったのです。

むちゃくちゃやりたい放題

　では、その「兆」に「足」がつくことで、何を意味するのか。「あしへん」がつくので、「跳」の字は、四方八方へと駆け出していってしまうさまをあらわします。

「跳躍」という言葉はよく知られていますね。あるいは「飛躍」という言葉もあります。大きく飛び上がって超えてゆくこと、力強いジャンプを意味する、勢いのある言葉です。

「跳梁」はどうなのか。「梁」は「やな」あるいは「はり」と読みます。建築物において、柱の上に横たえて屋根を支える大切な木材のことを「梁《はり》」といいますが、もともとは、「さんずい」がついていることからもわかるように、川に架けられた大きな木のことをあらわす漢字でした。向こう岸へ行くために、川に渡した木の橋のこと。では、この「梁」に「跳」をつけて「跳梁」となると、どういうことになるのでしょう。勢いよく飛び出して向こう側へ渡っていってしまう、ということから、法を犯して思うままに行動する、という意味をもつようになるのです。四方八方、むちゃくちゃに飛び回って好き勝手にふるまう。どうも、あまりいい跳躍の仕方ではありませんね。

跳梁と聞いて、即座に思い浮かぶ四字熟語といえば、「跳梁跋扈《ばっこ》」ではないでしょうか。

魑魅魍魎《ちみもうりょう》が跳梁跋扈する世界。悪人どもが跳梁跋扈する無法地帯など、得体《えたい》の知れない者、恐ろしい者がうようよとはびこり、好き勝手にふるまっているような世界がイメージされる、おどろおどろしい言葉ですね。

北原白秋　明治18〜昭和17年（1885〜1942）

北原白秋の詩を読んだことがないと思っている人でも、歌を聴けば、ああ、これも白秋、あれも白秋なのか、と膝《ひざ》を叩《たた》くことでしょう。「揺籃《ゆりかご》のうた」「あめふり」「この道」など、子どもの頃に一度は口ずさんだ、あるいは親が眠るときに歌ってくれたものばかり。みずみずしい言葉の世界を開拓した、代表的な近代日本の詩人なのです。

『フレップ・トリップ』は鉄道省主催の樺太《からふと》観光団の一員として旅に出た白秋の紀行文。心弾むような旅の高揚感がリズミカルな文章からあふれ出し、白秋の別の一面を味わうことができます。

恪勤《かっきん》

精励《せいれい》恪勤の紳士になりました　岡本《おかもと》かの子《こ》

それで郷里の人がその青年をぐずぐずと呼んでいたのは正解であります。ところがその青年が東京に出てから、持ち前の性質のよいところを出して精励恪勤の紳士になりました。

岡本かの子『仏教人生読本』

任務を忠実に勤めること

日本史を勉強している人は「恪勤」という言葉を聞いたことがあるでしょう。もし知らないという人は、ぜひ覚えておきましょう。

平安時代、宮中・院・貴族に仕え、警護や雑役《ざつえき》を勤める下級の武士のことを「恪勤」と呼んでいました（歴史用語としての読み方は「かくごん」「かくご」となります）。つまり、主人のすぐ近くでじっと動かずにそこを守っている人、そしてひとたびことが起これば、直属の武士として重要な役割をになって戦う侍です。さらに時代が移り、鎌倉時代には、宿直《とのい》を勤める下級武士のことを意味しました。

そこから、任務を忠実に勤めること、また、その覚悟があることを意味する言葉になりました。

そもそもの由来として「恪」の字には、「つつしむ」という意味があります。右側の「各」は、上の部分は足をあらわし、下の「口」は石をあらわします。つまり、足が石に引っかかって身動きが取れなくなっている状態です。「りっしんべん」がついて、心がまったく動かないくらいに慎んでいることをあらわすようになりました。

ブラック企業顔負けの働きぶり

「勤」の字は「勤務」「勤勉」など、仕事にからんだ言葉が多くあります。仕事をすることを「お勤めする」と書いたりします。働くうえでなじみ深い言葉です。

しかし、じつは凄《すさ》まじい意味をもっているのです。

左側の上部は、もともとは「くさかんむり」ではなく、「廿」という形をしていました。これは動物の頭をあらわします。その下にあるのが「火」と「土」でした。

つまり、火で炙《あぶ》られて粉々になった動物の頭の骨のように、水分が抜けた土の状態を意味していました。それに「力」がついて「勤」になります。粉々、ボロボロになるまで力を出し尽くし、もはや余力がないようなところまで頑張ることをあらわすのが「勤」の字だったのです。

そこに「足が石に引っかかって動けないほど慎む」という「恪」がつくのですから、大いなる忠誠心でボロボロになるまで仕事をする、それが「恪勤」です。現代のブラック企業も真っ青な働きぶりではありませんか。

岡本かの子　明治22〜昭和14年（1889〜1939）

激しい気性と歌人としての才能をもった岡本かの子ですが、岡本太郎の母親といったほうがわかるという方も少なくないでしょう。爆発的な芸術家を産み育てたというだけあり、かの子自身も画家・漫画家であった夫の岡本一平《いっぺい》とともに激しい人生を歩みました。

かの子は人生の後半、法華経《ほけ》に傾倒していき、仏教研究家としても名を知られるようになっていきます。生きていくうえでの具体的な事象をひきながら、仏教の教えをわかりやすく解説した『仏教人生読本』は、かの子が昭和九年、亡《な》くなる五年前に記した『仏教読本』が元になっています。

寛解《かんかい》　心が少しずつ寛解して来た

梶井基次郎《かじいもとじろう》

休憩の時間を残しながら席に帰った私は、すいた会場のなかに残っている女の人の顔などをぼんやり見たりしながら、心がやっと少しずつ寛解して来たのを覚えていた。しかしやがてベルが鳴り、人びとが席に帰って、元のところへもとの頭が並んでしまうと、それも私にはわからなくなってしまうのだった。

梶井基次郎『器楽的幻覚』

仔羊《こひつじ》がのびのびとくつろぐように

「寛解」は、「緩解」とも書きます。読み方も意味も同じです。

「寛」の字から見ていきましょう。「うかんむり」と「見」の間にあるのは、仔羊のツノです。「寛」の字は「寛《くつろ》ぐ」とも読みますが、家の中にいる仔羊が、何も心配することなく、居心地よくのびのびとくつろいでいるさまをあらわしています。ですから、「寛」は、ゆったりと何の心配もない、という状態を意味する漢字なのです。

「緩解」の場合の「緩」も、「緩《ゆる》い」とも読むとおり、緊張したりこわばったりする必要のない、物事がゆったりとしているさまをあらわす漢字です。

見ているだけで心地よく、リラックスしてくる言葉ですね。

固まった悩みが解きほぐされる

次に「解」の字を見てみましょう。「解説」「解決」「解毒《げどく》」など、どちらかというと、物事をよい方向へ落ち着かせる意味の熟語によく使われます。

漢字を分解してみると、「角」＋「刀」＋「牛」ということになります。それぞれのパーツには、あまり平穏無事なイメージがありませんが、それらを組み合わせて考えてみましょう。

刀を使って、角のある牛を切り裂き、バラバラにする、ということをあらわしています。ますます温和なムードから遠ざかったように感じますか？ しかし、ここには、物事を解きほぐしてバラバラにし、分析して解いてあげる、という意味が込められているのです。

悩みなどがバラバラになり、分析されて、納得の状態に落ち着く。それが「寛解」です。忘れるのではなく、自然に溶けていくのでもなく、しっかりとバラバラにして分析して、理由を明確にしたうえで納得できる状態になるのです。

寛解する前というのは、悩みを抱えて緊張し、思考も固まった状態です。それらを刀で牛を切り裂くようにバラバラに解きほぐしていきます。

医学の世界では、重い病気に罹患《りかん》した人が、完全治癒ではないけれども、表面上はほぼ治って落ち着いた状態になることを「寛解」といいます。

人間の体内には、日々、つねに新たながん細胞が生まれています。体内から完全に病魔を一掃するということは難しく、多くの場合は、その芽を抱えつつも、症状を分析して解き明かし、適切な処置をしながら納得できる状態にして生きていく、ということになるのでしょう。

梶井基次郎　明治34〜昭和7年（1901〜1932）

当時は不治の病《やまい》だった結核を抱え、死の影に怯《おび》えてときに自暴自棄になりながら、命を削るようにして基次郎は書きつづけました。同人誌「青空」創刊号で発表した『檸檬《れもん》』は、のちに徐々に評判を呼ぶようになります。進行する病と闘いながら作品を発表しつづけますが、三一歳でついに力尽きこの世を去りました。『器楽的幻覚』は昭和三年、北原白秋が主宰する詩誌「近代風景」に発表した短編です。その数年前に連日通いつめたフランスのピアニスト、アンリ・ジル＝マルシェックスの演奏会で味わった幻覚的な体験から生まれました。一種独特の幻想的な感覚を表現した潔《いさぎよ》いほどの短い文章は、短い生を繊細に濃密に生きた基次郎ならではといえるかもしれません。

緩徐《かんじょ》

不随意運動は幾分《いくぶん》緩徐となって　石牟《いしむ》礼《れ》道子《みちこ》

睡眠薬を投与すると就眠する様であるが、四肢の不随意運動は停止しない。上記の症状が二十六日頃まで続いたが食物を摂取しないために全身の衰弱が著明となり、不随意運動はかえって幾分緩徐となって同月三十日当科に入院した。なお発病以来発熱は見られなかったが、二十六日より三十八度台の熱が続いている。

石牟礼道子『苦海浄土《くがいじょうど》』

ゆったりと、ゆるやかな様子

「緩やか」かつ「徐々に」という二文字からイメージされるとおり、動作や調子などがゆるやかなさま、ゆったりとしているさまをあらわす熟語です。

「緩」の右側を見てみましょう。上の「ノ」と「ツ」は手で何かをつかみ上げている様子をあらわします。下の部分は、スラリと伸びた杖《つえ》と、それを持つ手をあらわしています。つまり、杖を頼りに歩いていることをあらわしているのです。杖をついているのですから、全速力で走ったりはできません。ゆっくりゆっくり、歩いているのです。

それに「いとへん」がつくことで、糸をつけてゆっくりとたぐり寄せる動作が加わります。ゆっくりと人を引っ張ってあげるのです。杖をついている人をたぐり寄せるときに、性急に引き寄せたりはしませんね。ゆっくり優しく引いていくことを意味するのが「緩」の字です。

実際、「緩」の字を使った熟語を見てみると、ゆるやかさをあらわす「緩慢《かんまん》」、徴税の手をゆるめて猶予《ゆうよ》する意味の「緩徴《かんちょう》」、刑の執行を猶予する「緩刑《かんけい》」など、ゆったりと、ゆるめる、という意味になっていることがわかります。

「徐行」の反対を何という？

一方の「徐」、こちらは「徐行」という交通標識を思い浮かべる人が多いことでしょうが、「徐」には「安行《あんこう》なり」という意味があります。「安行」とは、安らかにゆっくりと行うこと。しとやか、おだやか、ゆるやか、やすらか、といった意味が「徐」

の字にはあるのです。

儒家である孟子《もうし》の言葉に、次のようなものがあります。

「徐行して長者に後《おく》るる、之《こ》れを弟《てい》と謂《い》う。疾行《しっこう》して長者に先んずる、之れを不弟《ふてい》と謂う」

弟は兄弟の弟ではありません。「悌《てい》」と同じ意味で使われており、「悌」とは、年長者におだやかに従うことを意味します。

つまり、「ゆっくりと歩いて年長者の後ろを行くことを悌といい、どんどん歩いて年長者の先を行くことを不悌という」と孟子は説いているのです。「徐行」の反対は「疾行」というのですね。

石牟礼道子　昭和2〜平成30年（1927〜2018）

熊本出身の石牟礼道子は、熊本県内を拠点に創作活動をつづけてきました。石牟礼の代表作といえば、水俣病の患者たちの痛みや苦しみ、魂の叫びを克明《こくめい》に描写した『苦海浄土』でしょう。自然界に生きる人間のありようを刻みつづけた石牟礼の作品群は、高い社会性と芸術性を兼ね備えたものと評され、石牟礼文学として屹立《きつりつ》しています。

第一回大宅《おおや》壮一《そういち》ノンフィクション賞に選ばれながら、石牟礼自身が受賞を辞退したという『苦海浄土』は、発表された昭和四四年から五〇年経《た》ったいまも、水俣問題、公害問題の本質を考える名著として読み継がれています。

信書《しんしょ》

その信書の表記《うわがき》や内容に依《よ》って　夢野久作《ゆめのきゅうさく》

すなわちその信書の表記《うわがき》や内容に依って、何等《なんら》かの秘密が漏洩《ろうえい》しそうな虞《おそ》れを抱《いだ》いている一種の秘密団体とも見られる訳で、いずれにしても尋常一様の曲馬団とは思えない。

夢野久作『暗黒公使《ダーク・ミニスター》』

当事者のあいだで交わし合う大切な書簡

「信」には、「まこと」という意味があります。つまり、いった言葉をどこまでも曲げないこと。約束を破らないこと。本当であること。であるから「信じられる」こと。「信書」とは、信じてよい言葉、まことの言葉が書いてある書、ということから、信じられる特定の個人とのあいだで意思を交わし合う文書のことを意味します。つまりは「手紙」ですね。必ずしも郵便物とは限定されません。手渡しする書簡もあるでしよう。

当事者のあいだで交わし合う大切な書簡です。勝手に第三者が開けたりしてはいけません。

「親展」という言葉をご存じでしょうか？

ときおり、「親展」と赤く印字された封書が届くことがあります。これは、親しみを込めて送られてきた手紙、という意味ではありません。

「親」という漢字には、「両親」や「親しい」という意味のほか、「みずから」という意味もあります。天子がみずから敵を征伐しに赴くことを「親征」といいます。

「親展」の「親」もその意味が込められています。つまり「宛名《あてな》に書かれた人だけに送る文書です。その人がみずから開封して（展《ひら》いて）くださいね」ということを伝える言葉なのです。ですから、「親展」と書かれていたら、たとえ家族であっても勝手に開けてはいけません。

いえ、そもそも、「信書」は当事者以外にそれを開く権利はありません。私たちは、自分宛ての手紙を勝手に読まれない権利をもっています。

スマホのメールは信書？

「信書開披罪《かいひ》」という言葉をご存じでしょうか？

刑法一三三条には次のように定められています。

「正当な理由がないのに、封をしてある信書を開けた者は、一年以下の懲役または二〇万円以下の罰金に処する」

信書とは、それをもらった人にしか開く権利のないものです。娘宛に、男性の名前で手紙が来たからといって、心配にかられた父親が開封してもよい、というものではありません。

もっとも、昨今の若い人たちは手紙などという古風な方法よりもメールやＳＮＳで手っ取り早くやりとりをするでしょう。そして、スマホに来たメッセージを勝手に第三者が開いてしまった場合も、やはり「信書開披罪」に該当するのでしょうか。時代が変われば信書のありようも変わる、ということかもしれませんね。

いずれにせよ、信書とは、信じられる相手とのあいだで交わす個人の文書であり、プライバシーとして守られるべきコンテンツなのです。

夢野久作　明治22〜昭和11年（1889〜1936）
明治期に国家主義を掲げて旗揚げされた政治結社「玄洋社《げんよう》」の中心的人物の一人、

杉山茂丸《すぎやましげまる》は久作の父親です。久作自身は陸軍少尉《しょうい》、出家僧、還俗《げんぞく》して農園経営、新聞記者とさまざまな職を転々としながら自分の生きるべき道を求めました。夢野久作はもちろんペンネームです。ペンネームさながら、まるで夢の中をさまよってい るような怪奇的で耽美《たんび》的な独特の世界観は、久作の作品の醍醐味《だいごみ》といえるでしょう。時代を超えて現代の若い人にもファンが少なくありません。

『暗黒公使』は昭和八年、久作が脳溢血《のういっけつ》で急逝《きゅうせい》するわずか三年前に発表した長編小説。新潮社の『新作探偵小説全集』第九巻として書き下ろしたもので、筋立てのはっきりした探偵小説仕立てながら、随所に久作らしい繊細な筆致が見受けられる作品です。

親書《しんしょ》

大統領からの親書

星新一《ほししんいち》

それどころか、博士は星の寄付金を管理する学術後援会の会長という地位にある。

ハーバー博士は星の会社を訪れ、たずさえてきた大統領からの親書を手渡した。内容はこうだった。

星新一『人民は弱し　官吏は強し』

手紙を書けることが特別だった時代

「信書」につづいて「親書」です。こちらは、「信書」で紹介した「親展」と同様の意味で「親」という漢字が使われています。

「親書」には二つの意味があります。一つは「天皇がみずから書いた手紙」という意味。「親征」は、天子がみずから敵を征伐しにいくことでした。「親書」は、天皇がわざわざみずから筆を執《と》った手紙、「まことにありがたい!」という意識の表れた言葉なのです。

「親書」のもう一つの意味が、「手紙を自分で書くこと」あるいは「自分で書いた手紙のこと」です。しかし、手紙というのは、基本は自分で書くものですね。天皇のような人や巨大組織の要職にある人であれば、担当の者が代筆することが日常でしょうけれども、通常は、「手紙を書く」のは本人です。

しかし、本人が思い立ったらすぐに手紙をサラサラとしたためるようになったのは、そう古くはありません。かつて、多くの庶民は、話すことはできても文字を書くことができなかったのです。

私たちの曾祖父母《そうそふぼ》の時代で文字が書けない人は、地域によって差もありますが、そう珍しくはありませんでした。手紙を送る=代筆屋に頼む、という時代だったのです。

代筆屋なるものがそもそも生業《なりわい》として成立する時代だったのですから。それほど、「文章が書ける」ということは、ある種の特別な能力として認知されていたといえるでしょう。

しかし、明治期以降、日本人の識字率はぐんぐんと上がっていき、代筆屋などに頼まなくても、自分で書きたいときに書きたいように手紙を書ける人々が多くなっていきました。当然、手紙のほとんどが「親書」つまり、本人が自ら書くこととなったのです。

渋谷「恋文横丁」の由来

ところで、東京・渋谷の道玄坂にかつて「恋文横丁」という路地があったのをご存じですか？　若者たちに人気のファッションビル、通称「109」の裏側を通る路地です。

昭和二五（一九五〇）年に朝鮮戦争が勃発《ぼっぱつ》、日本にあった米軍基地に、大勢の米兵たちがやってきました。この米兵たちと恋仲になる日本人女性も多くいました。三年後に泥沼の朝鮮戦争がやっと休戦になると、米兵たちは次々と本国に帰っていってしまいます。あとに残された女性たちは、異国にいる愛《いと》しい恋人へ手紙を書いて送ろうとします。

しかし、相手は日本語のわからぬアメリカ人。当時の日本人女性には、英語の読み書きが堪能《たんのう》な人など、ほとんどいなかったことでしょう。そこで「英語で恋文代筆します」という恋文代筆業が生まれたのです。

恋文横丁は、そんな昭和の時代背景から生まれた名前だったのですね。

代筆など頼まずとも、みずから筆を執って手紙を書けるという当たり前に思えることが、じつはとても幸せなことなのだと気づきます。

星新一　大正15～平成9年（1926～1997）

いわずと知れた「ショートショートの神様」です。星の父親は星製薬や星薬科大学を創立した実業家の星一《はじめ》。一の長男として生まれた星新一は、父の死後、傾きかけた会社を継ぎますが、経営不振に。会社を譲渡し、星は経営からすっぱりと手を引きました。以後は創作活動にエネルギーを注ぐようになり、独特のユーモアを湛《たた》えた完成度の高い短い作品を量産、ショートショートという分野のパイオニアとなりました。人工知能など二一世紀を予見したようなものも多く、人間社会の欲望とテクノロジーの行く末を見据えたような作品群で読む人を圧倒します。

『人民は弱し　官吏は強し』は星新一の珍しい長編作品で、星一の生涯を描いた伝記小説です。米国留学後に製薬会社を興《おこ》して日本初のモルヒネの精製に成功。薬科大学を創立して人材の育成に励むかたわら、衆議院議員として官僚相手に立ち回ります。自由かつ豪快に人生を駆け抜けた父の姿を、ショートショートの旗手・星新一が愛情を込めて描いた名作です。

青書《せいしょ》　イギリスの「青書」に出ている

大宅壮一《おおやそういち》

イギリス公使パークスが井上と伊藤に託して長州藩主にとどけさせようとしたメッセージは、英・仏・米・蘭四国公使の連名になっているが、主としてイギリス側の思惑を伝えたもので、通訳のアーネスト・サトウがケンサク・ナカザワという日本語教師の協力のもとに、日本文に訳したのだ。この原文はイギリスの「青書」に出ている。もともとイギリス政府の公式報告書は、表紙が白いので、ホワイト・ペーパー（白書）といい、議会の報告書はブルー・ブック（青書）といった。

大宅壮一『炎は流れる4』

「青書」は「白書」の一種

「信書」に「親書」と「書」がつづきます。つづいて「青書」。

今度の言葉は、なんだか耳慣れない、と思う人も少なくないかもしれませんね。でも、「白書」の一種である、といえば、なんとなくおわかりいただけるでしょう。「白書」というと、政府が国内の経済や社会などの状況について調査・分析した報告書のことです。「厚生労働白書」「防衛白書」「経済白書」など、中央省庁から刊行物として出されています。

そのうち、外務省が出すものだけは「青書」と呼ぶのです。つまりは白書の一種であるといえますね。

では、白だの青だの、なぜ、色でその種類が分けられているのでしょう。そこには、イギリス議会の影響があります。

イギリスの議会や枢密院《すうみついん》が出している報告書は、表紙が青いことから「ブルーブック」と呼ばれていました。政府が出す外交に関する報告書の表紙は白い色をしていました。そのため「ホワイトペーパー」と呼ばれていました。

第二次大戦後、日本の各省庁も、イギリスにならって、経済や政治、社会状況など、それぞれが担当している分野の実情をまとめた報告書を出すようになります。そして、これらの行政による報告書を「白書」と呼ぶようになったのでした。

しかし、外交関係の報告書だけは「白」ではなく、イギリス議会による報告書のほうの「青」の色がつけられ「外交青書」と呼ばれるようになります。
ですから、「青書」と聞くと、外交関係あるいは国際情勢に関する報告書であることがわかるのです。

「黒書」もある！

ちなみに、色の名前が冠された報告書には「白」と「青」のほか、「黒」もあることをご存じですか？　こちらは、政府の出す「白書」と真っ向から対立する「黒」を掲げていることからもわかるとおり、民間機関が独自の観点と調査によって、行政活動の実態を分析し、欠点などを批判し、改善点などを提示するものです。
政府にとっては耳が痛いことが多いわけですが、政府が第三者機関の審査などを経ずにまとめた白書には、もっと見るべき視点、論じるべき観点が抜け落ちる可能性もあり、民間機関の厳しい目によって分析された「黒書」の存在が、行政の健全性をさらに高めていくことになるのは、いうまでもありません。

大宅壮一　明治33〜昭和45年（1900〜1970）
気骨のジャーナリストとして活躍した大宅壮一。「大宅壮一文庫」や「大宅壮一ノンフィクション賞」などがいまも私たちの身近にあり、彼の偉業を思い出させてくれます。「大宅壮一文庫」は、彼の蔵書を引き継いだ日本で初めての雑誌図書館で、インターネットが普及する前は、数々のジャーナリストたちが貴重な資料を求めて足を運びました。テレビの普及にともなう悪影響に対して「一億総白痴化」と警鐘を鳴らし、戦後に雨後の筍《たけのこ》のように新設された大学を「駅弁大学」と呼ぶなど、つねに時代を俯瞰《ふかん》して鋭くとらえ、戦後のジャーナリズムに大きな影響を与えました。

『炎は流れる』は、長い鎖国から脱して急激な近代化を推し進めてきた日本に、重要な役割を果たした人物や、周辺地域との関係性など多角的にアプローチし、日本人の精神構造の中核に迫っていく渾身《こんしん》のルポルタージュです。

猥褻《わいせつ》　結婚のほうが猥褻だ　三島由紀夫《みしまゆきお》

「神聖なものほど猥褻だ。だから恋愛より結婚のほうがずっと猥褻だ」

三島由紀夫『鏡子の家』

みだらな思いで心が乱れた状態

「猥」も「褻」も、画数が多く、読めても書くことができない、という人が少なくないでしょう。アート作品をめぐり、猥褻か表現の自由かで揉《も》めたりすることがあります。人の主観に訴えかける芸術の領域において、何を「猥褻」として規制するのか、大変に難しい問題です。

というように、猥褻には、下品でみだらなこと、人の情欲を刺激するようなみだらなさま、という意味があります。

「猥」の字の右側は「畏」という字です。これはくぼんで曲がっているさまをあらわす象形文字で、押し曲げてしまう、へこませてしまう、ということを意味します。「畏《おそ》れ」とは、畏れおののいて心がへこむ、心がすくんでいることなのです。

あるいは「隈」という字は「くま」と読みますが、奥まった場所をあらわす言葉として使われます。物陰状態です。

「猥」の場合は、「けものへん」ですから、心がケモノじみてしまい、感情的に起伏がある状態になっているわけです。まさしく「みだらな思い」で心が乱れた状態だといえるでしょう。

汚れて穢《けが》れていることをあらわす「褻」

さて、もっと難しい漢字が「褻」です。真ん中の部分を取り除くと、上下で「衣」という字になるのがわかるでしょうか。衣の間にあるのが、いわゆる「熱」の上側の部分です。この字は「粘りつく」ことをあらわします。

粘りつく衣で「褻」ですから、つまり「褻」には、肌着、アンダーウェアという意味があるのです。

では、肌着とは何か。体に直接ぴたっとくっついて、汗などの老廃物を吸収してくれる衣です。だから、ねばつき、日々取り替えて洗濯し、清潔を保たねばなりません。

つまり、肌着のように「汚れて穢れている」ことを「褻」の字はあらわしていたのです。

このように漢字を分解して考えるようにすると、それぞれの使われ方に納得がいきますし、漢字の形も忘れずに書くことができるでしょう。

三島由紀夫　大正14～昭和45年（1925～1970）

三島由紀夫とは何者か、一言でいうのは難しいでしょう。小説家や戯曲作家としても優れた作品を数多く遺《のこ》しました。当時、ノーベル文学賞の最終候補に残っていたことも判明しています。一方で、楯《たて》の会という民兵組織を結成し、戦後日本の矛盾を訴える政治活動家としての行動に多くの情熱を捧《ささ》げた人でもありました。自衛隊にクーデター決起を訴えたのち、森田必勝《もりたまさかつ》とともに割腹自殺を遂げたことはあまりにも有名です。

三島が「時代を描こうと思った」と述べた『鏡子の家』は、戦後の荒廃の気配がそこかしこに残りつつ経済成長へと踏み出していく、そのさなかの二年間、鏡子の家に集まる四名の若者たちの挫折《ざせつ》や苦悩を描いた長編小説です。

回訓《かいくん》　各国政府の回訓が到着する　五味川純平《ごみかわじゅんぺい》

米国時間十一月二十二日夜、野村・来栖《くるす》両大使はハル長官と会見して、「乙案」に対する回答を求めた。ハル長官は、この日、英・濠《ごう》・蘭・支の大公使と会見して日本側提案を示し、意見を求めたことを日本大使に告げ、二十四日（月曜日）までに各国政府の回訓が到着するはずであるから、それを待って回答すると応じた。

五味川純平『御前会議』

訓令とは「政府が太鼓判を押した」証《あかし》

「回訓」とは、外国に駐在する外交官が、本国に指図を求めたことに対して、本国政府が回答として訓令を発すること、あるいは、その訓令そのものを指します。

ちなみに、外交官が本国政府に訓令を求めることを「請訓《せいくん》」といいます。請《こ》われたものに対する回答、というわけですね。

「訓」の字を見てみましょう。「訓読み」「教訓」などの言葉でおなじみです。では、この漢字自体はどのような意味をもっているのでしょう。「ごんべん」の右側に「川」の字がついていることからもわかりますが、一つには、川が流れるように、難しいことをわかりやすい言葉で示す、といった意味があります。「訓読み」などは、まさしくそうでしょう。中国から伝わってきた漢字を、わかりやすい、身のまわりの言葉で読み直しているのです。

もう一つの意味に、「頼るべき教え」というものがあります。「訓令」「教訓」「訓示」などは、こちらの意味で使われています。

訓令とは「政府が太鼓判を押した」という証です。この件については、政府が責任を取る、というものです。外交官は、重要な事項については、政府からの訓令を待って一つひとつを決定していきます。自分で勝手な判断を下したら、あとから責任を問われかねません。

一般人には縁のない言葉？

外交判断は一歩間違えば大問題、下手《へた》をすれば国同士の紛争につながりかねません。

だからこそ、スピーディーな判断が求められるときであっても、まず「請訓」し、本国の判断を待ってから動かねばならないのです。

一方で、全権大使に訓令など基本的には必要ありません。「全権が委任されている」のですから、大使自身の裁量に委《ゆだ》ねられている部分が大きいといえましょう。

とはいえ、「回訓」を必要とするのは、あくまでも外交官だけ。外交上の専門用語ですので、市井《しせい》の私たちには縁がない言葉といえます。

五味川純平　大正5～平成7年（1916～1995）

満州に生まれた五味川は、日本軍に召集され、苛烈《かれつ》な戦場を生き延びます。戦後は自分の兵士としての体験をもとに戦争文学を数々発表。とくに、初期に書いた『人間の條件』はベストセラー小説となり、仲代達矢《なかだいたつや》主演の長編映画にもなりました。五味川は戦争がいかに人間性を破壊していく悲惨なものであるかを、小説を通じて生涯訴えつづけたのでした。

太平洋戦争の開戦も終戦も、昭和天皇の臨席による「御前会議」にて決断が下されました。『御前会議』は昭和一六（一九四一）年に開かれた四回の御前会議の経緯を詳細に読み解きながら、日本を無謀な戦争へと駆り立てたものとは何だったのかに迫ってゆく渾身《こんしん》のノンフィクションです。

批准《ひじゅん》

新渡戸稲造《にとべいなぞう》

批准の催促状を政府に出す

例えば国際司法裁判所を構成する時の如《ごと》き批准の催促状を各国政府に出すことが局の重要な仕事であったことがある。局が催促するから加盟国政府も実行せざるを得なくなる。

新渡戸稲造『国際聯盟《れんめい》とは如何《どん》なものか』

よしあしを選《え》り分けていくイメージ

「批准」には二つの意味があります。

一つは「臣下の奏上《そうじょう》する文書に対して、君主や天子が可否を判決して裁許《さいきょ》すること」です。日本では、大日本帝国憲法下で使われていました。

もう一つは、「条約の締結に対する当事国の最終的確認、同意の手続き」のことをいいます。通常、批准書の交換によって条約の効力が発生します。英語では ratification、条約を批准することをratify a treatyといいます。ratifyは「公的に承認する」という意味です。

「その条約の批准までには、まだ時間がかかるに違いない」という使い方をします。

現在では、後者の意味としてのみ、使われます。

「批」という漢字は、「批判」「批評」など、よしあしを手厳しく判断する、という意味合いで使われることが多くあります。実際、「てへん」に「比」という字がついているとおり、つき合わせて検討した結果、これはよい、これはダメ、とバタバタと平手打ちするようによしあしを決めていく、という意味があります。

「比」という文字は、バタバタと手で打って選り分けていく、という動きをあらわしています。ダメなものをどんどん叩《たた》き落として選別し、削りに削って、よし！　これならばよい！　と選び抜かれたものが「批」であり、それは「勅《ちょく》」、つまり君主や天子の鶴《つる》の一声、これでゆくぞ！　という意味にもつながっていくのです。

「批準」と書いてもOKだった

一方の「准」は、かつては「準」と書くこともありました。つまり「批準」と書いてもよかったのです。

「準」には、「準則」「準格」「準規」などとあるように、「のり、さだめ、規定」という意味があります。なんらかの規定に沿ったものである、ということです。また、下の部分の「十」は数字の「十」ではなく、物の重さを測る計測器の形をあらわしており、物事が平らかになっているさま、バランスがとれているさまをあらわす漢字でもありました。

つまり、そもそもは「臣下が出してきたものに対してよしあしを判断しバタバタと余分なものを削り落として、最終的にこれでよしとされたもの、そこからはずれないよう、その決定にきちんとのっとっていく」というのが「批準」であったわけです。

そこから、国と国同士で、ああでもないこうでもないと批判してバタバタと選別し、削《そ》ぎ落として決めたものに対し、それぞれこれに準じていきましょう、と同意するという意味の「批准」として、現在も使われているのです。

新渡戸稲造　文久2〜昭和8年（1862〜1933）

いまの五〇〇〇円札の肖像は樋口一葉《ひぐちいちよう》ですが、一〇年ほど前まで五〇〇〇円札の顔だった人、といえば思い出せる人も多いでしょう。クラーク博士が教壇に立っていた札幌農学校に学び、生涯の友となる内村鑑三《うちむらかんぞう》らと出会い、欧米での学びをへて教育への熱い想《おも》いを深めていきました。彼が記した『武士道』は、日本人と日本社会を理解する手引書として海外の多くの人々に読まれています。

世界平和を願う気持ちを強く抱きつづけた新渡戸稲造は、大正九（一九二〇）年に国際連盟が設立される際、事務次長の一人に選ばれます。『国際聯盟とは如何なものか』は、国際連盟の役割、目的や加盟国のことなど、国際的な紛争を避けて世界平和を維持するための取り組みについてまとめたもので、大正一四年に発表されました。

玩弄《がんろう》　玩弄品のように閉じこめられる　田山花袋《たやまかたい》

青春の徒《いたず》らに過ぎ去って行く悲しみ。玩弄品のように家にのみ閉じこめられていつの間にか老いて行かねばならぬ惨《みじ》めさ。日毎《ひごと》に退屈に過ぎて行かねばならぬ侘《わび》しさ。

田山花袋『道綱《みちつな》の母』

もともとは大切に持つことの意

「玩弄」には、相反する二つの意味があります。一つは、あるものを大切に取り扱うこと。もう一つは、おもちゃのようにしてもてあそび楽しむこと。

「玩弄」の二つの漢字には、どちらも「王」がついています。これは、王様のことではなく、「玉《ぎょく》」のこと。玉とは、いわゆる宝石、宝物などを意味し、大切なもののことをあらわします。

実際、中国最古の詩集である『詩経《しきょう》』（大雅・民労篇）には、男の子が生まれたら、そのお祝いに宝物の「玉《ぎょく》」を身につけさせる、と詠《よ》んでいます。大切な宝物、肌身離さず持っているべきもの。本来は、このことを「玩弄」といいました。そもそもは「肌身離さず大切に持つこと」を意味していたのです。

ところが、「玩弄」は次第にもてあそぶという意味で使われるようになっていきます。

「弄」の下の部分は、かつては二本の手の形で描かれていました。つまり、両手の上に「玉」を持っているさま。それも、ただ持っているのではなく、両手が並んでいることから、左右に持ち替えるなどして、両手の上で玉を遊ぶように持つさまをあらわしました。そこから、もてあそぶ、という意味が生じてきます。

実際、「弄」を使った熟語には、否定的な意味合いのものが少なくありません。権力を濫用《らんよう》することを「弄権《ろうけん》」と書きますし、法律をもてあそぶことを「弄法《ろうほう》」と書きます。あるいは、「弄筆《ろうひつ》」と書いて、筆にまかせて、事実以上に飾り立てて書いてしまうことを意味します。

もてあそぶのか、大事にするのか

一方の「玩」は「玩具」という言葉でおなじみですが、こちらの字にはおもちゃという意味があります。右側の「元」は「丸いもの」をあらわしており、「玩」と書いて、単に「玉」を意味する漢字でしたが、そこから、よい悪い両方の意味で使われるようになりました。

大切な宝物として使われているのか、もてあそび軽んじて扱う玩具として使われているのか、文脈から読み解くしかありません。

「玩人《がんじん》」と書いて、人をもてあそぶ、ということを意味しますし、「玩世《がんせい》」と書いて、世俗を軽視する、という意味になります。

一方では「玩味《がんみ》」と書いて、物事や文章などをよく味わうことを意味しますし、「玩賞《がんしょう》」と書くと、大切によくよく鑑賞する、というポジティブな意味になる。あるいは「玩服《がんぷく》」と書いて、大切に愛用する、ということを意味するのです。

田山花袋　明治4〜昭和5年（1871〜1930）

明治から大正、昭和初期にかけて活躍した小説家です。国木田独歩や柳田國男《やなぎたくにお》らと親交を深め、自然主義文学運動の中心的な役割を果たすようになりました。私小説の先駆けともいわれる『蒲団《ふとん》』が代表作の一つといえるでしょう。

『蜻蛉《かげろう》日記』で知られる、藤原道綱の母。『道綱の母』には平安時代に生きた女性の感情が、田山の筆力によってみずみずしく描き出されています。

扮装《ふんそう》

扮装の費用も自前である

遠藤周作《えんどうしゅうさく》

当時、春日さんは一日、千円を要求した。しかし千円で扮装の費用も自前であるから手取りは幾らにもならない。竜宮の乙姫さまをやったり、おいらん道中をやったりして人眼をひいたと言う。

遠藤周作『ぐうたら好奇学』「私は銀座のカンカン娘」

演者が動くための装《よそお》い

「ふんそう」と聞くと、「紛争」と思い浮かべることが多いでしょう。「扮装」と書いた場合には、意味が二つあります。一つめは「身なりを装い飾ること」で、二つめは、「ある人物などを真似《まね》て衣服や顔などを装うこと」です。どちらの意味で使われているかは、文脈から読み解けるでしょう。

「扮」の漢字は、「粉」と似ていますが「てへん」です。「分」は音をあらわしているだけで、意味はありません。かつては「手で握る」という意味がありましたが、のちに「動く」という意味をもつようになります。実際、『広雅《こうが》』という中国三国時代の魏《ぎ》の字書では「扮」のことを「動くなり」と解説しています。

「扮装」とはつまり、演者が動くための装いのことをあらわしていたのです。

「扮飾決算」か、「粉飾決算」か

「扮」の入ったよく使われる言葉としては「扮飾決算」などがあります。ここで、「あれ？　粉飾では？」と思った方もおられるでしょう。たしかに「粉飾決算」と書かれることが多いのですが、「扮飾決算」と書いても間違いではありません。

「扮飾」と書いても「粉飾」と書いても意味は同じ、白粉《おしろい》などで化粧をすること、うわべだけを飾り立てること、という意味です。

「粉」というのは、もともとは顔にはたく白粉のことをあらわす漢字でした。この白粉、かつては米の粉を使っていたので「こめへん」なのです。

「粉飾決算」は、意図的に見せかけだけ決算を飾り立てるという意味ですから、「てへん」の「扮飾決算」のほうが、意図的に手を加える、という意味ではわかりやすいかもしれませんね。

「扮装」の「装」、旧字体は「裝」と書きます。上部の「壯」、左側は寝台で、右側はその寝台に横たわっている人の姿をあらわしています。その下に「衣」があるので、寝台に横たわる人をふんわりと布で包み込んだ様子をあらわします。そこで、上から何かを「まとう」ことを意味する漢字として使われるようになりました。

そのようなわけで「扮装」は、衣などをまとってきれいに飾り立てて装うこと、という意味になるのです。

遠藤周作　大正12〜平成8年（1923〜1996）

ユーモアあふれるエッセイから、キリスト者としての苦悩を描いた『深い河』まで、じつに幅広い作風をもつ作家です。代表作の一つは、キリシタン弾圧下で神の沈黙に苦悩する宣教師を描いた『沈黙』でしょう。マーティン・スコセッシ監督によって映画化されたのは記憶に新しいところです。

遠藤周作は、痛快無比《むひ》なユーモアエッセイを「こりゃ、あかんわ」をもじった「狐狸庵閑話《こりあんかんわ》」というタイトルで多数まとめています。雅号は「狐狸庵山人」。『ぐうたら好奇学』をはじめ、独特の距離感で世の中を斜めから見つめている軽快な文章は、世代を超えて多くの人の腹の皮をよじらせています。佐藤愛子《さとうあいこ》との親交が深かったことでも知られていますが、同じようなユーモアのエッセンスを感じることができますね。

捕捉《ほそく》

如何《いか》に多くのことを捕捉したり　豊島与志雄《とよしまよしお》

人は日常如何に多くのことを捕捉したり喪失したりしていることでしょう。いろいろの顔、いろいろの名前、いろいろの事柄が、時あって思い出され、時あって忘れられます。

豊島与志雄『夢の図』

影を捕まえる？

「補足」と間違えやすいので気をつけましょう。「甫」と「足」が同じなのでつい混同してしまいがちですが、「補足」は補《おぎな》ってつけ加える、という意味です。

一方、こちらの「捕捉」は、捕らえる、捕まえる、という意味、あるいは、人の気持ちや表現の意味などを正しくとらえて理解する、という意味ですので、まったく異なります。

どちらの熟語にも共通する「甫」は、苗木の形をあらわしています。それに「てへん」がつくことで、苗木をポコッとつかみ取る、というような意味合いから、捕まえる、という意味の漢字になりました。「捕」を使った熟語はたくさんあります。

最もおなじみなのは「逮捕」でしょうか。それ以外にも、とらえ撃つ、という意味の「捕搏《ほはく》」、ネズミ捕りを意味する「捕鼠《ほそ》」、語感が面白い「捕影《ほえい》」というものもあります。

影を捕まえると書きますが、ほえー、なんていうふんわりした語感のとおり、捕らえようのないものを意味します。実際、影は捕まえることができませんよね。

物だけでなく心もしっかりとらえる

「捉」の字は、かつては「てへん」に「益（益）」と書きました。「益」には、自分の利益にしてしまう、自分のものにしてしまう、という意味があります。そこに「てへん」がつくので、握る、捕らえる、つかむ、といったことを意味しました。

その後、「捉」の字が登場します。こちらは、単につかむだけでなく、「足」がついていることからもわかるように、後ろから追っていって捕まえる、という意味をもちました。「益」を使った漢字とほぼ似たような意味で使われるため、「益」バージョンは次第に使われなくなっていき、いまでは「捉」の字だけが残っているのです。「捉」を使った熟語に「把捉《はそく》」というものがあります。「把」も「捉」と同様、やはり、しっかり握る、という意味がありました。ですから「把捉」はしっかりとつかむことを意味します。「把握」「把捉」「掌握《しょうあく》」、どれもこれも、しっかりと握ること、という似たような意味をもっています。

それぞれに、物理的に手の中に握りしめるというだけでなく、人の心をしっかりととらえて理解する、という抽象的な意味もあります。掌握するのも、必ずしも「物」とは限りませんね。人心掌握、などと使うように、人の気持ちをぐっととらえてしまうことも「掌握」なのです。

豊島与志雄　明治23～昭和30年（1890～1955）

豊島与志雄は、とりわけフランス文学の翻訳者としてすばらしい働きをしました。ユゴーの名作『レ・ミゼラブル』やロマン・ロランの『ジャン・クリストフ』など、豊島の手がけた翻訳本は当時の日本で大ベストセラーとなりました。芥川龍之介や太宰治らといった文豪との交流も厚く、夏目漱石の弟子としても知られています。『夢の図』は、人の意識の中に入ってくるもの、あるいは意識から喪失されていくものについて、訥々《とつとつ》と話す「木村」という主人公の、いつともわからない時空をただようような短編です。まどろんでいるときに見た夢なのか、現実の目の前の風景なのか、意識の襞《ひだ》のなかを彷徨《さまよ》うような、幻想的な作品です。

懐郷《かいきょう》 川端康成《かわばたやすなり》

懐郷の情をそそる

私の作品のうちでこの「雪国」は多くの愛読者を持った方だが、日本の国の外で日本人に読まれた時に懐郷の情を一入《ひとしお》そそるらしいということを戦争中に知った。これは私の自覚を深めた。

川端康成『雪国』あとがき

衣にくるむように大切に思う

似た意味をもち、もっと一般的に使われる言葉に「望郷」があるでしょう。「懐郷」とは文字どおり、故郷を懐《なつ》かしく思うことです。では、「懐かしむ」とはどういうことでしょう。

「懐」の右側は「十」と「目」と「衣」から成り立っています。「目」は九〇度回転させて横になっています。「十」と「目」は、目から涙があふれ出しているさまをあらわしており、それを「衣」が受けています。つまり、泣いている目を衣で覆《おお》って隠しているのです。

そこに「りっしんべん」がついていますから、涙をそっと衣で隠すように、心の中で衣にくるむように大切に思う、というのが「懐」です。

「懐く」と書いて「なつく」と読みます。相手を親しく心で大切に思うことです。あるいは、「懐」一文字で「ふところ」とも読みます。自分の懐の中に包み込むように大切に思うさまが伝わります。

異国にいる兵隊や移民の故郷への思い

一方、もっと一般的に使われる「望郷」の「望」はどうでしょう。「亡」の字は、本来は「臣」と書き、目の形をあらわしていました。「月」と「王」が加わって、人が立ち上がって高いところから遠くのものを見ようとするさまを意味します。やってこないだろうか、と、遠くのほうに目をやるのです。一生懸命、目で待ち望むのです。

こう比べると、「懐」との違いははっきりしてくるでしょう。「懐」は心で思い、「望」は目で追い求める。

「懐郷」と書くことで、よりいっそう心の中に故郷を愛《いと》おしむ思いを表現することができます。目をつむって、一つひとつ、故郷の手触りを胸の中に思い出して慈《いつく》しむ。その温もりすら伝わってくるようです。

川端は、国外にいる戦時下の日本人、それは多くが兵隊であったり、移住者であったりしたことでしょうが、その人たちが故郷を思う気持ちをあらわすのに「望郷」では十分ではないと考えたのでしょう。さすが、ノーベル賞を受賞しただけある川端らしい繊細な言語センスだと感嘆《かんたん》します。

川端康成　明治32〜昭和47年（1899〜1972）

日本人として初めてのノーベル文学賞を受賞しました。最もよく読まれている作品が『雪国』や『伊豆の踊子』などでしょう。同じノーベル文学賞候補と目されていた三島由紀夫とも親交があり、三島が昭和四五年に衝撃的な割腹自殺を遂げた二年後の昭和四七年、仕事場のマンションでガス自殺をはかり、その生涯を閉じました。

「国境の長いトンネルを抜けると雪国であった」という『雪国』の冒頭はあまりに有名ですね。雪深い温泉街とそこに生きる人々の描写に、異国にいる日本人たちが懐郷の念をひときわ深くしたというのもうなずけます。

既往《きおう》　既往も現在も変りはありません　長塚節《ながつかたかし》

私は養家に対して五年間の恩義があります。私の妻が私に対して貞淑《ていしゅく》であることは既往も現在も変りはありません。私は泣いて幾度父の家に往復したでしょう。

長塚節『教師』

『論語』の「既往は咎《とが》めず」

既往というと、いまの人は「既往症」などという診察の際に記入する問診票の項目を連想することでしょうが、昔の人は、「既往」と聞けば、『論語』を思い出したことでしょう。

『論語』のなかに次のような一節があります。

「成事不説、遂事不諫、既往不咎」（八佾《はちいつ》第三―二一）

——成事は説《と》かず、遂事は諫《いさ》めず、既往は咎めず。

これは、起きてしまったことを説明したり、してしまったことを諫めたり、過ぎ去ったことを咎めたりするよりも、将来を慎むことが大切なのだ、と説いた有名な一節です。

ちなみに「既往」は「已往」と書くこともあります。同じ意味ですが、「いおう」と読みます。「已」も「既」と同じく、「すでに」という意味の漢字なのです。

「已」は「己」や「巳」とは違いますので、お間違えのないように。

漢文の習いはじめに教わることですが「己」は「下おのれ」、「巳」は「上についたら蛇となる」、そして「已」は「真ん中までで、すでにいく」と覚えるとよいでしょう。

ちょっとやってしまった程度のことなので

「既」の漢字の左側は、蒸し米を入れた器をあらわす象形文字です。タイではもち米を「カオニャオ」といいます。タイ料理屋さんでカオニャオをオーダーすると、蒸したもち米をぽってりとした籠《かご》に入れて持ってきてくれますので、米を手で小さく握りながら、おかずをつけて食します。そのような形の容器をイメージされるといいでしよう。

右側はその器の横に人がひざまずいて食べている様子をあらわしています。そこには「少食」というニュアンスがあります。すでに食べたのは、ほんの少しだけ。まだお腹《なか》いっぱいにはなっていません。

「既往」にも、その「ほんの少しだけ終わってしまった」という意味合いがあります。めちゃくちゃ大層なことをしでかしてしまったわけではない、ちょっとやってしまった程度のことなので、冒頭の論語のように、すでにやってしまったことをことさら咎め立てすることもない、というわけです。

長塚節　明治12〜大正4年（1879〜1915）

正岡子規の著作に感動して弟子入りし、子規に多大な影響を受けながら短歌の研究に励んだ歌人・小説家です。長塚の代表作といえば、東京朝日新聞に連載していた『土』という長編でしょう。窮乏《きゅうぼう》のなかに生きる明治の貧農の生きざまを写実的に描いた作品は、日本農民文学という地平を切り拓《ひら》いたといわれます。

喉頭《こうとう》結核に罹《り》患《かん》し三五歳という若さで夭逝《ようせい》した長塚は、それほど数多くの小説は残していません。長編小説の代表作といえば『土』ですが、短編小説としては『開業医』『おふさ』、引用した『教師』などが挙げられるでしょう。『教師』は、地方の中学校教師である主人公と同僚の佐治君との関わりが、写実的に描かれています。

第3章

あの名作がまた読みたくなる言葉

海容《かいよう》　海容の美徳を示している　太宰治《だざいおさむ》

闇《やみ》商売の手伝いをして、一挙に数十万は楽にもうけるという、いわば目から鼻に抜けるほどの才物《さいぶつ》であった。キヌ子にさんざんムダ使いされて、黙って海容の美徳を示しているなんて、とてもそんな事の出来る性格ではなかった。何か、それ相当のお返しをいただかなければ、どうしたって、気がすまない。

太宰治『グッド・バイ』

目にナイフが突き刺さっている状態!?

「海」と容器の「容」という字から、とてもスケールの大きなさまがイメージできますね。実際、あらゆるものを受け容《い》れる海のような寛大な心で、相手の罪や過《あやま》ちを許すことを意味しています。

現代においては、会話で使うよりも、書簡の中で「ご海容くださいませ」といった具合に書いて使われることが多い言葉です。

まず、「海」という字に注目しましょう。右側の「毎」の字は、「毎日」「毎度」などの言葉でおなじみですが、じつは目が見えないさまをあらわしています。下の部分は口に十文字が入っている状態。口は目の形をあらわし、そこにナイフが突き刺さっているのです。

さらに、上の部分にあるのが、目に刺さっている逆さまつげ。ナイフだけでなく逆さまつげまで突き刺さってしまっては、目はまともにものを見ることができません。そんな「毎」の字に、「さんずい」がついて「海」になります。つまり、どこまでも広がっていて、果てが見えないさまをあらわしているから「海」なのです。

中国では巨大な砂漠のことを「砂海」と書きあらわします。砂がどこまでも広がり果ての見えない状態です。

失敗のお詫《わ》びに使える言葉

一方の「容」はどうでしょう。「宀」の下には「谷」があります。「谷」の字をよく見てみると、口の上に「八」が二つ重なっており、ものを入れやすい壺《つぼ》のような形状です。実際に、谷というのはくぼんでいて、内側に空間を有しています。「宀」は、ものの輪郭や枠をあらわしているので、ものを抱え込める空間を有した物体、ということで、「容器」という意味が生まれます。

だから、茫洋《ぼうよう》とした海のように広いスケールの器をもって、相手を許し受け入れる、ということになるのです。

　類語に「清濁併せ呑《の》む」という言い回しがあります。良いもの（清）だけを受け入れるのではなくて、悪（濁）とされるようなことも広い心で受け入れる、度量の広さをあらわす言葉です。呑み込んだ「濁」に引きずられて自分も濁ってしまわないためには、その人の器の大きさ、人間としての成熟度や柔軟性が求められます。

　柔軟性をあらわす一文字が「恕《じょ》」。どうとでもなれる柔軟さをあらわします。その一文字を使った「海恕《かいじょ》」も「海容」の類語。「寛恕《かんじょ》」「宥恕《ゆうじょ》」「容赦《ようしゃ》」なども、大きな心で相手を受け止める、という意味の類語といえるでしょう。

　ビジネスで失敗してしまった場合に、「申し訳ございません」ではなく「ご寛恕くださいますよう、伏してお願い申し上げます」などと書いてみたら、相手も、海容さを示さねば、という気持ちになるかもしれません。

太宰治　明治42〜昭和23年（1909〜1948）

津軽の名士の家に六男として生まれた太宰。代表作は、没落していく貴族の日々を繊細な筆致で綴《つづ》った長編『斜陽』でしょうか。あるいは、未熟な自己を徹底して掘り下げていく『人間失格』や短編『走れメロス』なども有名です。多くの女性と関係をもち麻薬に溺《おぼ》れるなど不器用な生き方しかできなかった太宰ですが、その生きづらさが彼に数々の名作を書かせたともいえるかもしれません。なんども自殺未遂をくり返した太宰、最後は愛人とともに心中し、三八歳という若さでこの世を去りました。

『グッド・バイ』は太宰が自殺するわずか一ヵ月前の昭和二三年五月から執筆をスタートさせた朝日新聞の連載小説です。執筆の途中で入水《じゅすい》自殺をしたため、第一三回までの未完に終わっています。

猟官《りょうかん》

猟官運動や利権運動

松本清張《まつもとせいちょう》

つまり、江戸風流の起《おこ》りは、すべてこうした賄賂《わいろ》政策の所産だったといっても云《い》いすぎではない。八百善《やおぜん》などの料理屋が猟官運動や利権運動の談合場として利用されたから、江戸の懐石料理が発達した。そのほかの高級料理にしても、名菓にしても、茶席にしても、すべて粋を凝らしたものが喜ばれた結果発達したものである。

松本清張『鬼火の町』

手当たり次第、官職を追い求める姿

「猟官」とは、なんとなく字面《じづら》からは「猟奇的」な雰囲気すら漂いますが、それよりはもっと泥《どろ》くさい言葉です。

「猟」とは、文字どおり、狩猟などで獲物を追い回すこと。そして「官」とは、いわゆる「官職」つまり官僚の椅子《いす》、というわけです。

「猟官」というのは、官職を追い回すこと、つまり官僚の椅子を得ようとして多くの人が争うことをあらわす言葉なのです。漢文訓読すると「官を猟す」となります。

さて、「猟」の字を見てみましょう。左側の「けものへん」は「犬」をあらわします。右側の「巤」の字は、旧字体では「鬣」と書き、「数が多い」という意味をもっています。

つまり、犬が数多くの獲物を追い回すさま、手当たり次第に追い求めるさまをあらわします。

官僚となるべく、コツコツと粉骨砕身《ふんこつさいしん》努力する、というのではなく、とにかく手当たり次第、なりふり構わずに官職を追い求める、という意味です。きわめて下品な様子が目に浮かんでくるような言葉ですね。

すべての人が憧《あこが》れた職業

でも、いったいなぜ、そのようにして人々は官職に群がったのでしょうか。

かつての中国では、人の身分は二つしかありませんでした。「役人」か「役人ではない」か。役人以外の職業に就いている人々はすべて「役人ではない人」として十把《じっぱ》一絡《ひとから》げ、その他大勢、とみなされました。

それくらい、官職というのはあらゆる人にとって憧れの職業だったのです。

さらに、官職を得てからも「猟官」はつづきます。より高いポストの椅子をめぐって、役人同士で熾烈《しれつ》な争いが繰り広げられたといいます。

ひるがえって、いまの日本ではどうでしょう。「猟官」という言葉は死語かもしれないですね。職業は多様化し、官僚の椅子は、熾烈な争いを繰り広げるほど魅力的なものではなくなっているのかもしれません。

とはいえ、いつの時代も、官僚は特権階級であってはならず、公僕という意識で臨むべき尊い職業であるはずです。

国会答弁に出てきても、専門用語を機械的に羅列《られつ》し、あるいは木で鼻をくったような答弁をくり返すだけの官僚の姿には、公僕という意識を感じることができません。不安定な時代こそ、官僚の椅子には、品位と信念を兼ね備えた優秀な人に座ってもらいたいものです。

松本清張　明治42〜平成4年（1909〜1992）

推理小説などでおなじみの松本清張。貧しい家に生まれた清張は、小学校を卒業すると印刷所などで働きながら文学への情熱を温めつづけました。戦後、朝日新聞社勤務中に書いた小説で四一歳のときに作家デビュー。昭和二八（一九五三）年には『或《あ》る「小倉日記」伝』で芥川賞を受賞します。昭和を代表する巨人の誕生でした。ノンフィクションから社会派推理小説まで、多彩な彼の作品は、映画やドラマとなったものも少なくありません。

『鬼火の町』は江戸を舞台にした捕物帖《ちょう》で、昭和四〇年から四一年にかけて「潮」に連載されました。欲の限りに腐敗していく時の権力者たちに、反骨精神で立ち向かう岡っ引・藤兵衛の姿に、清々《すがすが》しさを覚えるのです。

解纜《かいらん》　船は解纜した　檀一雄《だんかずお》

この海峡を越える危険度について、最近の状態を知らなかったからである。船は解纜したようだった。丸窓が閉ざされているので皆目《かいもく》外は見えないが、波の動揺がしきりと感じられてくる。

檀一雄『リツ子　その愛・その死』「リツ子・その愛」

「覧」の一字に目が三つ

大変に難しそうな「纜」の字ですが、右側は「覧」の旧字体です。「回覧」「閲覧」などの「覧」ですね。

それに「いとへん」がついて「ともづな」と読む漢字になります。「纜」とは、船と岸をつなぐ綱のこと。つまり、船をつないでいた綱を「解」くのですから、「解纜」とは、船が出帆《しゅっぱん》すること、船出を意味します。

「纜」の右側、「覽」に注目しましょう。この字の中に、じつは「目」が三つもあるのですが、おわかりでしょうか?

まず一つめが「臣」。この字はもともと、下側に伏せた目を描いた象形文字です。家来や、仕える身分のことをあらわすのに使われるのは、自分の主人の前では目を伏せて平伏するからなのです。

二つめが上部右側。目が横になっているのがわかるでしょうか。そして三つめが、最も目立つ「見」の部分ですね。「見」とは、「目」に足がついたもの。つまり、人間です。人がものを「見る」さまをあらわしているのですね。

三つも目があるのですから、「覽」の漢字は目をよくよくこらして、じーっと見る、目を見開いて凝視する、という意味をもっているのです。

そこに「いとへん」がつくので、つまり、糸でつないでよーく見張るさま、どこかに動いていかないように、しっかりとつなぐ、ということを意味するのが「纜」なのです。

反対語は「投錨《とうびょう》」、同義語は「抜錨《ばつびょう》」

読み方の「ともづな」ですが、「とも」とは、複数を意味する言葉です。「ともだおれ」「おともする」「ともにゆく」などの言葉からもわかるでしょう。

船を固定するには、一ヵ所だけつなぐのでは不安定です。あっちへゆらゆらこっちへゆらゆらと動いてしまいますし、もしも、その綱が切れてしまったら、あっという間に船は流れていってしまうことでしょう。

安定して船を停泊させておくためにも、複数箇所で船と岸とを固定することが肝要です。実際、停泊中の船を見てみると、複数箇所から綱が出て、岸辺の複数ある係船柱にそれぞれつながれているのがわかるでしょう。

このように、複数の綱で固定するから「つな」に「とも」がつけられて「ともづな」と呼ばれるのです。

ちなみに、「解纜」の反対の言葉は「投錨」です。「出帆する」の反対の意味ですから「停泊する」、錨《いかり》を下ろして船を停めるということで「投錨」なのです。

一方、「解纜」の同義語に「抜錨」、つまり、錨を上げて船を動かす、という熟語があります。

檀一雄　明治45～昭和51年（1912～1976）
山梨生まれ、「最後の無頼派」ともいわれた小説家です。昭和二五年に『長恨歌《ちょうごんか》』

と『真説石川五右衛門《ごえもん》』の二つの作品で第二四回直木賞を受賞しました。何度か芥川賞候補になったのですが、念願の芥川賞はついに取ることが叶《かな》いませんでした。太宰治と非常に親交が厚く、太宰の才能を高く評価しつづけたよき理解者でもありました。

昭和一七年、戦時下に結婚した檀一雄の最初の妻が高橋律子という医者の娘でした。一雄が陸軍報道班員として大陸へと赴いているあいだに、律子は結核に倒れます。まだ幼い長男を抱えて病床に伏せった律子を、帰国した一雄は懸命に看病しますが、その甲斐《かい》なく律子は帰らぬ人となりました。妻を愛し、妻を喪《うしな》うまでを描いたのが『リツ子・その愛』『リツ子・その死』です。病魔に蝕《むしば》まれながらひたむきに生きる妻を通じて、人間の命の神々《こうごう》しさを描いた檀一雄の代表作の一つといえるでしょう。

拘泥《こうでい》　全く拘泥する様子はなかった　志賀直哉《しがなおや》

或朝《あるあさ》の事、自分は一疋《いっぴき》の蜂《はち》が玄関の屋根で死んで居るのを見つけた。足を腹の下にぴったりとつけ、触角はだらしなく顔へたれ下がっていた。他《ほか》の蜂は一向に冷淡だった。巣の出入《ではい》りに忙しくその傍《わき》を這《は》いまわるが全く拘泥する様子はなかった。忙しく立働いている蜂は如何《いか》にも生きている物という感じを与えた。

志賀直哉『城の崎《きのさき》にて』

とらわれすぎて身動きのとれない状態

「拘」の右側「句」の字は、「カギ」を意味します。そこに「てへん」がつくことで「抑えられて動けなくなっている」という状態をあらわします。

たとえば、「拘繫」という熟語があります。「こうけい」と読みますが、これは糸につながれて身動きがとれなくなった状態です。

そう聞けば、「拘泥」の状況も容易にイメージできることでしょう。泥に足をとられて、まったく身動きをとることのできない状態です。何かにとらわれすぎてしまって、自由な発想や柔軟な対応ができなくなってしまうこと。

何かに強く拘《こだわ》ることが、その人の本気さ、真剣さとして、よい形で現れる場合もありますが、「拘泥」と表現する状況は、おおよそネガティブなものです。

否定的なニュアンスで美しくない

明治・大正を駆け抜けた文豪の徳冨蘆花《とくとみろか》が、明治後期に発表した自伝的小説『思出《おもいで》の記』のなかに「儀式の上に拘泥して宗教の真精神を忘却する如《ご》き」という表現が登場します。

キリスト教に強い影響を受けた蘆花は、トルストイに傾倒、後年はロシアのトゥーラにトルストイを訪ねています。宗教というものに強くこだわりつづけた蘆花にとって、儀式にとらわれすぎると、大切な宗教の真髄《しんずい》が忘れ去られかねないと訴えたかったのでしょう。

儀式に「拘泥」することは、儀式を「重んじる」ということと同義ではありません。

「拘泥」には、その言葉を使う側の「否定的な思い」が滲《にじ》み出ています。

類義語として挙げるならば、「執着《しゅうちゃく》」や「固執《こしつ》」が近いでしょう。対象のものにぺたっとくっついて剝《は》がれないような強いこだわり。泥の中で身動きがとれなくなった「拘泥」よりはマシかもしれませんが、いずれにしても、あまり美しい状況ではありません。

「拘」の字がつくものといえば「拘置所」もあります。拘置所とは、起訴されてまだ判決が出ていない未決囚、あるいは、死刑判決の確定した囚人を収容する施設です。言葉どおり、がっちりととらわれ、自由がきかない状態に置かれてしまう場所です。ところで、拘泥の反対語としては、「超然」「飄々《ひょうひょう》」「諦観《ていかん》」などの言葉が挙げられるでしょう。半ば、悟りの境地のようです。

俗世に生きる私たちは、やはり「拘泥」し「執着」しつづけて生きてゆくのでしょうか。

志賀直哉　明治16〜昭和46年（1883〜1971）

相馬《そうま》家の家令であった志賀直道を祖父に、明治の財界で活躍した志賀直温《なおはる》を父にもつ志賀直哉。経済的に恵まれた家に育ち、東京帝国大学中退の年に武者小路実篤《むしゃのこうじさねあつ》

「払底」は、文字どおり、「底を払う」ということで、底まで払うのですから、すっからかん、ものがすっかり何もなくなることです。

かつては「ほてい」と読みました。平安時代に書かれた『宇津保《うつぼ》物語』には「かくのごとほていしはべりつるほどに、いままでになり侍《はべ》りにけり」という一文が見えます。これは、「すっかりなくなってしまうほどに、今までずっと仕えてまいりました」という意味の文章で、そこに「ほてい」が使われています。この言葉が、のちに「ふってい」と読まれるようになりました。

イエズス会によって江戸時代初期の一六〇三〜〇四年に発行された『日葡《にっぽ》辞書』（日本語＝ポルトガル語辞書）には、すでに「サケ、コメナド futtei（フッテイ）……」という言葉が見られます。

「払」にはなくなる意味がある

さて、「払底」の「払」の字ですが、お金などを「支払う」というような使われ方を思い浮かべる人が多いでしょう。「払う」とは、そもそもどういう意味でしょうか。

「払」の旧字は「拂」と書きました。「弗」とは「不」と同じ意味をもつ漢字です。

「てへん」に「不」ですから、つまり、「なくなる」「なくしてしまう」ことを意味するのです。

たしかに「払う」ことによって、ものは「なくなり」ますね。「露《つゆ》払い」というのも、偉い人の前を歩き、草木の露などを払い落として道を整えることを意味する言葉でした。そこから、身分の高い人を先導していくことを意味するようになったのです。

「振り払う」という言葉も、振り落として、なくしてしまう、ということを意味します。ですから、「払底」のように「すっからかん」を意味する言葉に使われるのです。

似たような言葉には「払拭《ふっしょく》」があります。「拭」の漢字は訓読みで「ぬぐ（う）」。汚れをぬぐう、拭き清める、という意味をもっています。

「払拭」は、払って拭うのですから、すっかり拭い去ってしまうということを意味します。

平安時代の学者、菅原道真がまとめた漢詩文集『菅家文草《かんけぶんそう》』のなかにも、「払拭」という言葉を見つけることができます。

村井弦斎　文久3～昭和2年（1863～1927）

明治期に活躍した小説家、新聞記者で、まだ開国したばかりの日本に、初めてヨーロッパ料理を伝えた人として知られています。父親は漢学者でしたが、ヨーロッパへの造詣《ぞうけい》も深く、渋沢栄一《しぶさわえいいち》の息子の家庭教師をしたこともあるインテリでした。弦斎の生き方は大変にユニークで、平塚（神奈川県）の大きな家に数々の家畜を飼い、果樹や野菜を栽培《さいばい》して自給自足の暮らしを試みました。日本で最初にイチゴやアスパラガスを栽培したともいわれています。

『食道楽』は明治三六（一九〇三）年から「報知新聞」に連載された食をテーマにした物語で、弦斎の代表作の一つです。料理好きの兄妹と、その妹に恋する青年の物語を通じて、読者に料理の知識を伝える家庭向き実用小説で、いまはやりのグルメ漫画の元祖ともいえるかもしれません。この作品には、弦斎の妻・多嘉子もメニュー考案や実際の調理などで全面的に協力、夫婦二人三脚で生み出したベストセラーといえましょう。

甘受《かんじゅ》 暴行を黙って甘受した

池波正太郎《いけなみしょうたろう》

それよりも、何故《なぜ》、あのような侍たちの暴行を黙って甘受していたのだろう。

扇売りの男への興味が、急に大治郎《だいじろう》の胸へ湧《わ》きあがってきた。

池波正太郎『剣客《けんかく》商売十一 勝負』「助太刀」

甘くて美味《おい》しいものを受け入れる

「甘受」には二つの意味があります。一つは、満足して快く受け入れること。そしてもう一つは、本当は嫌なのだけれども、仕方なく受け入れること。まったく逆の意味になりますね。

これは、「甘」という漢字をどのように読み解くかによって変わってくるのです。「甘」の字は、舌の形を描いた象形文字です。舌の中央にある横棒は、美味しいものを味わっている、ということを意味します。ですから、甘くて美味しいものを喜んで受け入れる、というのが本来の「甘受」の意味でした。

実際、ちょうどよいタイミングで降ってきて、草木や土壌を潤《うるお》してくれる雨のことを「甘雨《かんう》」といったりします。

あるいは「甘食」という言葉をご存じですか？　丸くて甘い昔懐《なつ》かしい菓子パンの「あましょく」のことではありません。それも「甘食」と書きますが、こちらの「甘食」は「かんしょく」と読み、美味なるものという意味をもっています。

あるいは「甘心」。「かんしん」と読みます。うれしく思うこと、満足することを意味します。果物の「柑橘《かんきつ》」は「甘橘」と書くこともあるのですが、甘くて美味しい実だというううれしさが漢字からこぼれてくるようです。

不本意ながら受け入れる意味も

しかし一方で、中国・後漢時代のことを記した歴史書である『後漢書』のなかに、「罪に甘んずるも……」というくだりが登場します。五世紀の頃の歴史書ですから、書かれた当時にすでに、甘の字が、不本意ながら受け入れるという意味で使われていたことがわかります。

「甘罪」と書いて「かんざい」、甘んじて罪を受け入れるのです。二つめの意味で「甘」の字が使われている熟語です。

ひるがえって冒頭の「甘受」、こちらもいまでは、こうなったら仕方がないから受け入れよう、という後者の意味で使われることのほうが多くなりました。

池波正太郎　大正12～平成2年（1923～1990）

池波正太郎といえば、ご存じ、戦後の時代小説の大家です。代表作といえば『鬼平犯科帳』、中村吉右衛門《なかむらきちえもん》の名演で大人気のテレビドラマシリーズにもなりました。池波は美食家としても知られ、彼の食をめぐる随筆はいまも多くの人が愛読しています。『鬼平』シリーズをはじめ『剣客商売』や『仕掛人・藤枝梅安《ふじえだばいあん》』など一連のシリーズ物を中心とした精力的な作家活動を評価され、昭和五二（一九七七）年には吉川英治文学賞を受賞しました。

『剣客商売』は昭和四七年から平成元年まで「小説新潮」にて断続的に掲載された時代小説です。無外《むがい》流の剣客である秋山父子が江戸の町を舞台に縦横無尽に大活躍。早くも昭和四八年にはテレビドラマ化され、主演を加藤剛《かとうごう》、のちに中村又五郎、藤田まこと、そして北大路欣也《きたおおじきんや》と次々に替えつつ、時代を超えて愛されています。

享受《きょうじゅ》　内面的に享受する

阿部次郎《あべじろう》

そうしてこの不断の敵を見ることによって不断の進展を促すべき不断の機会を与えられる。臆病《おくびょう》とは彼が外界との摩擦によって内面的に享受する第一の経験である。自己策励とは彼がこの臆病と戦うことによって内面的に享受する第二の経験である。

阿部次郎『三太郎の日記』

いいものを受け取り楽しむ

「享受」とは、与えられたものを受け取ることを意味します。それも、いやなものを与えられるのではなく、とてもいいものを受け取るときに使われます。物質的に、あるいは精神的に、とてもいいものを受け取り、それを楽しむ、という意味が込められています。

「享」の漢字は、もともと、屋根の下に壺《つぼ》のような器が描かれた象形文字でした。神様に捧《ささ》げるためのよいものを壺に入れているさまをあらわしています。

それが転じて、何か大切なものを与えられ、それを受け止める、ということを意味するようになりました。「享受」は、それに「受」がついていますから、いいものを「受けて」味わい楽しむという意味が強調されているのです。

「享」と同じ「きょう」と読む漢字に「饗」というものがあります。お客様をもてなすための豪華な宴会の席のことを「饗宴《きょうえん》」と書いたりしますが、いわゆる「ご馳走《ちそう》」のことを意味する漢字です。「享」も、「饗」と同様に、本来はこの「ご馳走」の意味がありました。

大切なご馳走が壺の中に入れられています。そのすばらしいご馳走を受け取ることをあらわす一文字だったのです。

「享」の字を使った言葉に「享年《きょうねん》」というものがありますね。その人の没年齢のことです。「享年八〇」などという具合に書きあらわします。天から贈られた命をしっかりと味わい全うした、という意味合いが込められているのでしょう。

喜びを心で受け取る

もう一つの「受」という漢字。上の部分の「ノ」と「ツ」は器の形をあらわしていました。下の「又」は手をあらわしています。つまり、器を相手の手からこちらの手に受け取る、そのやりとりのさまを表現する字なのです。「わかんむり」がつくことで、フタをした内側、目には見えない心の内側に受け取る、という意味が加わりました。

「享受」したものの価値、その喜びは、受け取った本人にしかわからないものなのです。ものの価値とは、本来、そういうものかもしれませんね。

阿部次郎 明治16～昭和34年（1883～1959）

東京帝国大学で哲学を学び、のちに夏目漱石の門人となった哲学者です。自己を徹底的に掘り下げる真摯《しんし》な思索活動は、大正時代の教養主義を主導。のちに東北帝国大学の教壇に立ち、後進の育成にも熱心に取り組んだ教育者でもありました。『三太郎の日記』は阿部次郎の代表作の一つで、青春のバイブル的な存在として多くの若者たちに読まれ、「学生の必読書」とまでいわれました。主人公の青年、青田三太郎が真摯に懸命に思索を深めてゆくさまに、大正・昭和にかけて多くの若い人たちが共鳴したのです。

背反《はいはん》

道徳家の感ずる霊肉《れいにく》の背反

倉田百三《くらたひゃくぞう》

けれども道徳家の感ずる霊肉の背反とはこの唯物論《ゆいぶつ》と唯心論《ゆいしん》との認識論的の背反ではない。精神作用のなかの価値意識の背反である。例をあぐれば、性欲が肉交となる、それは何の不思議もない、その意味の霊肉一致ではなく、性欲と性欲を悪《あ》しと見る心との衝突である。

倉田百三『愛と認識との出発』「隣人としての愛」

「北」＝たがいにそっぽを向いている肩甲骨《けんこうこつ》

平成二九（二〇一七）年の「今年の漢字」に選ばれた「北」。「背反」の字にも、その「北」の字が入っているのがわかりますか？　「背」の上の部分ですね。

「北」という字には、「東西南北」の「北」としての方角だけでなく、ほかに二つの意味があります。それが「逃げる」と「背く」です。

「背く」には、相手に向き合わず、背中を向ける、という意味や、逆らう、反抗する、という意味があります。

「北」という字をよく見ると、その意味がわかります。「北」は、人間の肩甲骨の形をあらわした象形文字なのです。実際、人を後ろから見ると、肩甲骨がぐっと浮き出て、そのように見えるのがわかるでしょう。

肩甲骨は左右で向き合うのではなく、たがいに外側を向いて広がっています。つまり、背いている。「北」の意味が「背く」である理由がわかるでしょう。

「背」は、その「北」に「にくづき」がつくことで、肉体であることが明確になります。たがいにそっぽを向いている肩甲骨をもった背中をあらわすのが「背」の文字なのです。

「背反」の「反」は、「厂（がんだれ）」の部分が布や板をあらわします。そして、中の「又」の部分は手を意味します。「反」の字は、布や板を手で押して反《そ》らせた形をあらわしています。

背き、反り返る、ということで、「背反」は、「背き逆らうこと」を意味しているのです。

「背いて戻る」の意味は?

類似の熟語に「背戻《はいれい》」というものがあります。「背き」「戻る」とはどういう意味なのか、と思われるでしょう。

「戻」は、「戸」と「犬」を組み合わせた漢字です。かつては「犬」の「点」がありましたが、いまは点が取れて「戸」「大」になっているのです。乱暴な犬を戸の中に閉じ込めているさまをあらわします。

閉じ込められた犬はどうするか。当然、逆らって暴れるでしょう。「戻る」は、逆らう、背く、というのが本来の意味なのです。

「戻る」の本来の読みは「もとる」でした。「もとる」とは、「人道にもとる行為」「倫理にもとる」など、ものの道理や人情に背くという意味で使われます。

それが、読みに濁点《だくてん》がついて「もどる」と読むようになり、別の意味をもつようになりました。戻ってくる、カムバックする、という意味の「戻」、これは日本だけがもつ独特の意味なのです。

倉田百三　明治24～昭和18年（1891～1943）

大正時代から昭和初期にかけて活躍した劇作家・評論家です。倉田は西田幾多郎《にしだきたろう》に影響を受けて哲学的思索を深め、求道《ぐどう》者として歩みます。結核を発症後、長く患《わずら》った生活も、倉田に宗教的思索の必然性をもたらしたのかもしれません。親鸞《しんらん》に強い影響を受け、さらにはキリスト教の信仰を真摯《しんし》に求めた人生でした。

善とは何か。生活とは何か。救いとは何か。愛とは何か。ひたすら倉田が考え抜いた思考をそのままとめた論考集が『愛と認識との出発』です。当時の旧制高校生たちに大きな影響を与えました。

恭順《きょうじゅん》

恭順論を主張した　菊池《きくち》寛《かん》

それは、城をいったん敵に渡して、関東に下り、藩主越中守《えっちゅうのかみ》の指揮に従い、幕軍と協力して、敵に当るより外はないというのだった。

それに対して、政治奉行の小森九右衛門、山本主馬などが、恭順論を主張した。彼らは天下の大勢を説き、順逆の名分《めいぶん》を力説して、この際一日も早く、朝威《ちょうい》に帰順するのが得策であるというのであった。

菊池寛『乱世』

うやうやしく敬いかしこまる

「恭順」とは、朝廷など上からの命令に対して謹んで従うこと、おとなしく命令に従うことを意味します。

「恭」の字は「共」と「心」から成り立っています。つまり「心を共にする」という意味をもっています。では、「共にする」とはどういうことでしょう。「拱手《うでぐみ》」の項（252ページ）でくわしく説明しますが、「共」の字は「共る」「共う」と書いて「めぐる」「むかう」と読みます。

「恭」も、心をそちらに向け、敬いかしこまる、という意味があります。実際、訓読みでは「恭しい」と書いて「うやうやしい」と読みます。

「恭敬《きょうけい》」とは、中国の古典でよく使われる熟語です。「恭」も「うやまう」、「敬」も「うやまう」ですから、「うやまい、うやまう」ということで、大変に恭しく敬うことを意味します。

ちなみに「敬」の字の左側、「句」の上は、元来「艹（くさかんむり）」ではありませんでした。「艹」という中央が途切れているもので、羊のツノの形をあらわしていたのです。下の「句」は羊の顔をあらわし、右側の「攵」は鞭《むち》を持った人をあらわしました。

つまり、鞭を持った人間の前で、羊が恐れおののいて身を小さくしているさまを描いた文字だったのです。その状況から「慎み深く敬う」という意味を読み取ることができるでしょう。

流れに沿って歩く従順さ

さて、「順」の字は「順番」「順位」などの熟語でおなじみなので、なんとなく序列のように思うでしょうか。

紀元前一〇〇〇年頃の青銅器に、鋳込《いこ》まれた「順」の字が残っているものがあります。その文字を見てみると、いまの「順」とは少し異なり、「川」の右側に「止」の字を縦に二つ並べて書いていました。「止」は足のことを意味します。足が二つ、川に沿って並んでいるということから、川の流れに沿って歩みを進める、ということを意味していたとわかります。

流れに沿ってしっかりと歩いていくことから、従順に従う、という意味をもつ漢字として使われるようになったのです。

それらを踏まえると、「恭順」が、命令を敬い、謹んでそれに従うことを意味するのだということも納得できるでしょう。

菊池寛　明治21～昭和23年（1888～1948）

毎年、各界で活躍している第一人者に贈られる「菊池寛賞」があります。北方謙三《きたかたけんぞう》や浅田真央《あさだまお》、吉永小百合《よしながさゆり》といった個人のほか、「池上彰《いけがみあきら》とテレビ東京選挙特番チーム」など、目覚ましい活躍をした集団に贈られることもあります。この賞を創設したのが、菊池寛その人です。菊池自身は文学者でありながら、文藝春秋社を創立、芥川賞や直木賞を創設するなど、事業者としても優れた手腕を見せました。

慶応四（一八六八）年、幕府軍として鳥羽《とば》・伏見《ふしみ》の戦いに敗れた桑名《くわな》藩の、恭順の証《あかし》として官軍側に身柄を引き渡された一三名の敗残兵の物語が『乱世』です。彼らの身柄が引き渡される前、桑名の城中では、官軍に恭順するか、あるいは関東へ下って官軍と再び一戦を交えるかという議論が交わされていました。「恭順」だけであれば、うやうやしく命令に従うという意味ですが、「恭順論」と「論」がつくと、「主戦論」との対比で「やむなく敵に下る」という意味で使われるようになります。

伺候《しこう》

良人《おっと》の妻の所へ伺候する　与謝野晶子《よさのあきこ》

紫の女王は内親王である良人《おっと》の一人の妻の所へ伺候することになった自分を憐《あわれ》んだ。二十年同棲《どうせい》した自分より上の夫人は六条院にあってはならないのであるが、少女時代から養われて来たために、自分は軽侮《けいぶ》してよいものと見られて、良人は高貴な新妻をお迎えしたものであろうと思うと寂しかった。

与謝野晶子『源氏物語』「若菜上」

高貴な方のご機嫌を伺う

なかなか普段使う言い回しではありません。高貴な人、位の高い人のところに参上してご機嫌伺いをすること、あるいは、そのそば近くに仕えることそのものを意味する言葉です。

「司」という字は、狭い穴から覗《のぞ》いて見ている動作をあらわしています。べつに覗き見をしているというわけではなく、その部分については非常に極めている、よく見ている、ということをあらわし、そこから「司《つかさど》る」という意味になります。

「伺」は「にんべん」がついていることから、せまいところから見ている人の姿をあらわし、そこから、どうしていらっしゃるか「伺う」という意味につながります。

時候＝時を伺う、天候＝天気を伺う

　では「候」は何なのでしょうか。「候」についての解説に「伺望するなり」という言葉があります。これは「伺い望む」、つまり、どうなるであろうかと考えながら、様子を伺うということです。

「候」は、かつては「矦」と書きました。「厂」の部分は的《まと》をあらわし、それに「矢」がついていますので、矢を持って警護することをあらわしました。

　そこに「にんべん」がつくと「侯」の字になります。「侯爵《こうしゃく》」などの位をあらわす熟語に使われますが、「公侯伯子《こうこうはくし》男《だん》」という言葉をご存じでしょうか？　「公爵・侯爵・伯爵・子爵・男爵」と五つの爵位をあらわす言葉です。上から順に位が高く、「公」と「侯」は君子に最も近いところで王族を守る人たちであったわけです。

　では、それがなぜ「伺望するなり」になったのか。弓矢を手に王族をお守りするわけです。敵はどこにいるかわかりません。どこへ矢を飛ばすべきかとつねに伺い考えていたことでしょう。

さて、「侯」に線が一本加わって「候」になりました。これにより、人につき従っているさまがより明確になったと解釈することもできるでしょう。

「候」を使った熟語は「時候」「天候」など、私たちの身のまわりにもありますね。それぞれに「時を伺う」「天気を伺う」のです。天気はこうなるだろうか、と考える。あるいは、季節の移り変わりを、かすかな兆《きざ》しのなかに伺い知る。

ですから、季節の挨拶《あいさつ》などで、「早春の候」「新緑の候」「猛暑の候」などという具合に使うことができるのです。

与謝野晶子　明治11〜昭和17年（1878〜1942）

与謝野晶子といえば、情熱の歌人。『みだれ髪』があまりに有名です。平塚らいてうらが発刊した「青鞜《せいとう》」の創刊に賛同人として参加、女性が社会において自由に発言し、表現していくという女性解放の地平を、らいてうらとは違った方向から切り拓《ひら》いていきました。

平安時代の女流作家、紫式部《むらさきしきぶ》の『源氏物語』は、多くの人たちの手で現代語訳されました。与謝野晶子もこの訳に三度挑戦したといわれていますが、二度めの原稿は関東大震災の際にほとんど焼失しています。いま、私たちが与謝野晶子訳として読んでいるのは三度めのものです。

荒涼《こうりょう》

室生《むろう》犀星《さいせい》

荒涼な風景

何も眼にうつりそうもなかった。唯《ただ》、一帯の荒涼な風景の凡《すべ》てから或《あ》る広々した思いがしたばかりであった。

室生犀星『童話』

荒れた風景、すさんだ気持ち

荒涼とした砂漠、荒涼とした気持ち、など、風景などが荒れ果てて物寂しいさまや、心が荒れすさんでいるさまをあらわします。

「荒」という字は、当初は「くさかんむり」がついていませんでした。「亡」の下に、三本線。この三本線は「川」を意味していました。つまり、「亡」と「川」、見るべきものは何もない、見ているだけで虚《むな》しくなるような川です。

そこに「くさかんむり」がつくことで、実りが何もない、植物が何も育っていかない荒れすさんだ状態をあらわす漢字になりました。

「涼」は、冷たい冬の北風をあらわします。「荒れすさんで冷え切っている、冬の大地のように、実りも何もない」のが「荒涼」、さらに転じて、気持ちのすさみも意味するようになりました。

ところで、「荒」を使った熟語に「荒政《こうせい》」というものがあります。文字からは荒れてすさんだ政治がイメージされるでしょう。実際に、君主が政治のことを放り出して怠ることを意味します。

しかし、もう一つ、世の中が飢饉《ききん》で荒れ果ててしまったときに、民衆を救うためにおこなう政治、という意味もあります。こちらは、荒れた世の中を救うための政治です。「荒政」には、こうした二つの相反する意味があるのです。

あるいは「荒怠《こうたい》」という熟語もあります。文字どおり、怠けて何もせずにほったらかして、荒れるに任せること、という意味です。

現実味も何もない「荒唐無稽《こうとうむけい》」

四字熟語でおなじみの「荒唐無稽」はどうでしょう。「稽」の字には「考える」という意味があり、「無稽」とは、考えられないこと、考えに現実味がなくでたらめなことを意味します。

では、「荒唐」とは何でしょう。「唐」は、口を大きく開けて物事をいうさまをあらわしています。「荒」がつくので、何も実りをもたらすこともないような、荒れ果てた内容のことを、大きな口でいうわけです。

つまり、何も実りのないことをいいたい放題いうことが「荒唐」です。それに「無稽」が重なり、現実味も根拠も何もない言動のことをあらわすのが、「荒唐無稽」という四字熟語なのです。

「荒」の字が、荒々しい、荒くれている、というような意味だけでなく、何もない、実りがない、という意味ももっているところが理解のポイントです。

室生犀星　明治22〜昭和37年（1889〜1962）

幼い頃に養子に出され、複雑な環境のなかで育った犀星は、苦しい生活を送りつつ、多くのすぐれた詩や小説を作り出しました。抒情《じょじょう》的な作風のなかには、人の生きざまを見つめる犀星の清冽《せいれつ》な眼差しが感じられます。無類の猫好きとしても知られ、犀星とともに火鉢に当たっている猫の写真は有名です。

犀星は、長男をまだ幼いうちに病気で亡《な》くしています。そのため、病気の子ども、亡くなった子どもをテーマにした作品が少なくありません。『童話』はタイトルこそ童話となっていますが、子ども向けのお話というわけではありません。姉と母親の、亡き弟との幻想的な交わりが描かれています。文中に出てくる「荒涼な風景」は、亡き息子が目の前で話をしている、そのことの儚《はかな》さ、脆《もろ》さを抱えた母親の心象風景とも重なるのです。

白眼《はくがん》　藤沢周平《ふじさわしゅうへい》

まわりの白眼視にもめげず

腹の出ぐあい、ひげの照り。すべては明石がまわりの白眼視にもめげず頑張っていることを示している。

藤沢周平『よろずや平四郎活人剣』

中国の白眼、青眼の逸話

だれかを「白い目で見る」などというと、気に入らないものを見る目つきをする、と訳されることが多くあります。

白眼の語源として、西晋《せいしん》の時代「竹林《ちくりん》の七賢《しちけん》」といわれた思想家の一人である阮籍《げんせき》の逸話があります。

阮籍の母親の葬式のとき、同じく七賢の一人として知られる嵇康《けいこう》の兄、嵇喜《けいき》が弔問に現れたところ、阮籍は白眼で迎え、それを聞いた嵇康が、酒と琴をたずさえて弔問に訪れたところ、阮籍は喜んで青眼で迎えた、という逸話です。

形式的な弔問に対しては白い眼で対応し、形式にはとらわれずに心のままにふるまう弔問に対しては青い眼で喜んで迎え入れたというわけですね。

「にらむ」のではなく「無視する」こと

この白眼を「目の白い部分を出して、気に入らないものを見る目つき」とする訳は、本来正しくありません。正しく理解するには、古代中国における「白」の意味を知る必要があります。「的皪《てきれき》」の項（22ページ）でも述べたように、古代中国における「白」は、いわゆる「ホワイト」の「白」ではありません。

中国の「白酒《パイチュウ》」というお酒、文字だけ見ると、白く濁った濁り酒のようなものやマッコリのようなお酒を想像する人が多いでしょう。しかし、白酒は穀物を原料とした蒸留酒で、見た目は透明です。

つまり、ここでの「白」は「ホワイト」ではなく「透明」という意味なのです。ですから、白眼とは、白目ではなく、透明な眼のこと。透明な眼とは、つまり「無視をする」ということです。

相手にとって最もいやな対応は、白目をむき出して見せることではなく、無視することでしょう。そして、その反対が「青眼」。「青い眼」とはこれまたわかりづらい色味ですが、「青」に「さんずい」をつけるとわかるでしょう。「清」です。つまり、「この人に会えてうれしい」と心が清らかになるような涼やかな眼のことです。阮籍の逸話の「白眼」「青眼」は、このように、いまの時代の私たちにも実感できるのですね。

藤沢周平　昭和2〜平成9年（1927〜1997）

いわずと知れた、時代小説の名手です。江戸時代に生きる庶民や下級の武士たちの日常を通して、繊細な心のヒダまでも描くあたたかな筆致が藤沢の魅力でしょう。『たそがれ清兵衛《せいべえ》』や『蟬《せみ》しぐれ』などをはじめ、多くの作品が映画やテレビドラマになっています。

「もめごとなんでも仲裁屋」の看板を掲げた心やさしき平四郎が仲裁していく揉《も》め事の数々。いつの時代も揉め事は世の中を映し出す鏡です。江戸の町人や武士たちの悲喜こもごもを描いた『よろずや平四郎活人剣』はテレビドラマ化されました。

標榜《ひょうぼう》 内閣の標榜する善政

瀬戸内晴美《せとうちはるみ》（寂聴《じゃくちょう》）

大杉は机に向かい原稿用紙を拡《ひろ》げた。『新小説』に寺内内閣の標榜する善政に対しての批判を書く約束があった。

市子は、そんな大杉の肩ごしに、語尾のかっきりした特徴のある話し方で、ねっとりからんできた。

瀬戸内晴美（寂聴）『美は乱調にあり』

目立つように高く掲げること

「標榜」とは、主義主張や自分の考えなどを公然と掲げること、看板にすることを意味します。つまり、だれもが見えるように掲げるのです。

「標」には、「梢《こずえ》」という意味があります。高く空中に木の枝が突き出ている様子をあらわす言葉です。

右側の「票」は、「要」の略字の下に「火」がついたもので、細くひきしまった火が高く舞い上がっている状態をあらわしています。それに「きへん」がつくので、空に高く突き出た細い枝、梢という意味になるのです。

高く梢が突き出ている木は目立ちます。そこで「高く掲げたしるし」の意味から、「目立つように高く掲げること」をあらわす漢字となりました。

実際、道路のあちこちに目立つように立てられた「道路標識」や、何かのスローガンとなる「標語」など、それぞれ、目立つように掲げる、という意味として使われていますね。

『史記』にも出ている言葉

では、「榜」の字はどうでしょう。右側の「旁」は「誹謗《ひぼう》」の項（249ページ）でも出てきますが、「にんべん」とともに使われると「傍《かたわら》」という意味になります。「きへん」がつくことで、両側に張り出た木の板、木の破片、といった意味をもちます。つまり、木の札のようなものですね。

ちなみに、「榜花《ぼうか》」とは、「科挙」の試験の合格者の名前を張り出したもの。かつては合格者の名前を木の板に張り出していたので、「榜」が使われたのです。

立て札のことを「榜札《ぼうさつ》」、告示の文のことを「榜文《ぼうぶん》」と書くこともあります。必ずしも木の板に書いて張り出さずとも、「榜文」です。広く衆人に知らしめるための文章を意味するからです。

「標榜」は、木の梢のように高く掲げて告示する、というわけですから、「主義主張を公然と掲げる」ことを意味するのです。あるいは、政治的なプロパガンダ、あるいは、マニフェストも本来はそうであるべきものでしょう。

古くは『史記』にも「標榜」の文字が出てきます。ここでの「標榜」は、人の善行を褒《ほ》め称《たた》え、その事実を札に書いて一般に示して世に知らせる、という意味で使われていました。

瀬戸内晴美（寂聴）　大正11年〜（１９２２〜）

瀬戸内晴美として作家デビューし、その後、五〇歳をすぎてから出家して瀬戸内寂聴となりました。出家後も精力的に作家活動をつづけ、多くの著作を世に送り出しました。好奇心はいつまでもみずみずしく、八〇代にしてケータイ小説にも挑戦、九〇歳を超えてなお表現への情熱は衰えず、エッセイや小説を書きつづけています。

『美は乱調にあり』には、情熱のままに生きて、その短い生涯を終えた伊藤野枝を中心に、彼女の周囲の人々が登場します。おのれの感情と信念に従って、恋と革命に生きた伊藤、その夫であった辻潤《つじじゅん》や、「青鞜《せいとう》」の編集で出会った平塚らいてう、ともに同じ男を愛してしまった神近市子《かみちかいちこ》など、激情のなかに生き抜いた人たちを、自らも波瀾万丈《はらんばんじょう》な生を歩んできた瀬戸内が繊細な筆致で描いた評伝小説です。

偏在《へんざい》　富の偏在が文明を開化させる　五木《いつき》寛之《ひろゆき》

富の偏在がある種の文明を開化させる、という考えは、私にとってひどく重い観念のように感じられる。それは自明の理かも知れないが、私はそれに慣れることができない。

五木寛之『風に吹かれて』

偏《かたよ》らないことは難しい

「偏」は、文字どおり「偏る」という意味をもつ漢字です。「偏在」とは、かたよって存在しているということを意味します。

中国の儒教の経書のひとつである『礼記《らいき》』のなかには、「礼備而不偏者、其唯大聖乎」という一節が出てきます。これは「礼が備わり、偏りのない者こそ、大聖人である」という意味です。「不偏である」こと、つまり偏りのないことは、それほどに難しいのだということです。

何かにつけ、人は偏りがちです。政治的なイデオロギーだけでなく、どんなことでも、自分にとって耳あたりのよい言葉、慣れ親しんだ考え方に偏重しがち。だからこそ、『論語』のなかで孔子《こうし》が「中庸《ちゅうよう》の徳たるや、それ至れるかな」と述べたとおり、どこにも偏ることのない「中庸」の重要性が説かれてきたのでしょう。

「不偏不倚《ふへんふき》」という四字熟語も同じ意味です。偏らず、倚《よ》らない、同じ意味をくり返すことで、不偏であることを強調しました。

コウモリは偏っているのか？

ところで、「偏」の右側の「扁（扁）」の字にはどのような意味があるのでしょうか。この字の左側に「虫」をつけた漢字をご存じでしょうか。「蝙蝠」と書いて「こうもり」と読みます。夕暮れになると活動を開始する、黒い翼が特徴的な生き物ですね。

木の板でできた、左右一対でパタパタと前後に動く扉があります。一対になることで扉として機能するわけですが、この扉が片側一枚しかない状態をあらわしたのが「扁」の字です。本来は対であるべき扉が片方しかない。まさに片寄ってしまって好ましくない状態です。

では、なぜコウモリは「蝙」などという字であらわされるのでしょうか。コウモリの翼は偏ってなどいません。両側に広がった翼をパタパタとはばたかせて暗くなった空を舞っています。「扁」という字は、「偏る」という意味だけでなく、木の板戸のように、ものがパタパタと動くさまをあらわす場合もあるのです。

蝙蝠の場合は、その翼の動きから「扁」の字が使われたと考えられます。

さて、「偏」のついた言葉は、「偏在」以外にもいろいろとあります。「偏屈」「偏見」「偏向」「偏狭」……どれもあまりいい意味ではありませんね。

五木寛之　昭和7年〜（1932〜）

小説だけでなく、膨大な数のエッセイで知られる五木寛之ですが、学費未納で早稲田大学を抹籍《まっせき》されるなど、若い頃は長らく苦しい生活を送っていました。当初は放送作家やCMソングの作詞などの仕事で糊口《ここう》をしのいでいましたが、三〇代に入り、本格的に執筆活動をスタートさせます。それからの活躍はみなさんもご存じのとおりです。不安の時代をいかに生きるべきかを書いた随筆『大河の一滴』はベストセラーとなり、新藤兼人《しんどうかねと》の脚本によって映画にもなりました。

『蒼《あお》ざめた馬を見よ』で昭和四一年に直木賞を受賞したのち、「週刊読売」に連載した五木初めてのエッセイが『風に吹かれて』です。ユーモアとペーソスを交えながら、青春時代の放浪の記憶を綴《つづ》っています。

招聘《しょうへい》

神の応答が招聘の言葉となった

三浦綾子《みうらあやこ》

肉親のきょうだいにもまして愛してきた教会員たちであるだけに、去らねばならぬと心に決めてから、神に祈りを捧《ささ》げてきた。その祈りへの神の応答が、今、ここに招聘の言葉となって示されたのである。保郎は、尚《なお》深く祈らねばならぬと思った。

三浦綾子『ちいろば先生物語』

心を尽くして大切にお招きする

「招聘」とは、礼儀を尽くして、丁寧に人をお招きすることを意味します。この熟語の中に、手と口と耳が揃《そろ》っているのが見つけられるでしょうか。それら、体のあちこちを使い、心を尽くして相手を大切にお迎えするのです。「招」の字の中に、まず「手」と「口」があります。

そばに招く、という意味の「召」という漢字が右側にあり、それに「てへん」がついているので、招き呼ぶ動作そのものをあらわします。ことに、霊を招く、という意味合いが込められています。

「召」の字の上は「刀」ではありません。腕を曲げて、相手を招く動作をあらわす象形文字なのです。下には「口」があります。「おいでなさいませ」と口を使い、腕で相手を招く動作をして、こちらにいらっしゃいませ、と「招く」のです。

「聘」の字には「耳」がありますね。お招きする相手は、霊のように大切な相手ですので、口や手だけではなく、耳をすませて、その到来を待ち構えねばなりません。

右側の文字の上にある「由」は「大きな何か」をあらわします。その下についている「号」の下部は、大きな何かが降りてくる動きをあらわしています。

大きくて見えない何かが降りてくるのを、「耳」をすませてお招きするのが「聘」の字の意味なのです。

ちなみに、「聘する」と書くと、礼儀を尽くしてお招きする、ということを意味します。

名店「聘珍樓《へいちんろう》」の意味は?

横浜に「聘珍樓」という歴史ある中華料理の名店があります。『孔子家語《こうしけご》』（儒行篇）の「儒に上珍を席きて以って聘を待つ」に由来すると言われます。これは上古、先王の道を教え述べる大切な人を招いて食事をするところ、という意味です。つまり「聘珍樓」には、大切な貴賓のお客様を招いて食事をするところ、という意味があるのです。

例文に挙げた三浦綾子の『ちいろば先生物語』に登場する「招聘」。三浦綾子は敬虔《けいけん》なクリスチャンとして知られた作家です。牧師である「ちいろば先生」に示された「招聘」の言葉は、神様の御心《みこころ》にかなったものとして受け止めたことでしょう。だからこそ、たんなる「招き」ではなく「招聘」でなければならなかったのです。

三浦綾子　大正11〜平成11年（1922〜1999）

クリスチャンとして、信仰に生きた作家として知られています。結核の闘病中に信仰を得て洗礼を受けました。平成一一年に亡くなるまで、数々の病魔が三浦を襲いますが、どのような苦難も彼女の信仰への思いとペンの勢いを削《そ》ぐことはなかったのです。

『ちいろば先生物語』は信仰に生き、教派を超えた祈りの運動、アシュラム運動に身を投じた熱血の牧師・榎本保郎《えのもとやすろう》の生涯を描いた一冊です。榎本は赴任先の愛媛県・今治《いまばり》教会の週報に「ちいろば」と題した文章を連載していたことから「ちいろば牧師」の愛称で呼ばれていたのですが、三浦のこの作品によって一躍広く知られるようになりました。

第4章

人生を彩《いろど》る文豪の言葉づかい

出立《しゅったつ》

出立の日

夏目《なつめ》漱石《そうせき》

出立の日には朝から来て、色々世話をやいた。来る途中小間物屋で買って来た歯磨《はみがき》と楊子《ようじ》と手拭《てぬぐい》をズックの革鞄《かばん》に入れて呉《く》れた。

夏目漱石『坊っちゃん』

読み方次第でさまざまな意味に

出立。漢字はシンプルですが、その意味は、じつに多岐に渡ります。その読み方からして、さまざまなものがあり、違う読み方をするとまったく異なる意味になってしまうこともあるので、要注意です。

いちばんおなじみの読みは「しゅったつ」「いでたち」でしょうか。

「しゅったつ」とは、旅に出発することや、物事をはじめることを意味します。

「いでたち」と読む場合、その意味はさまざまです。門の前、旅立ち、使者が出発する際の儀式のこと、送別の宴《うたげ》、立身出世、宮仕え、身支度、服装。いずれも、出ていくことに関連しているという共通点は見出《みいだ》せます。

古くは『万葉集』のなかに、その言葉を見つけることができます。

「携《たずさ》わりわが二人見し出立《いでたち》の百枝《ももえ》槻《つき》の木」

柿本人麻呂《かきのもとのひとまろ》が最愛の妻を亡《な》くしたときに詠《よ》んだ歌のなかの一節です。自宅の門の前に立っていた百枝槻の木を、妻と二人並んで見ていたことを思い出したのでしょう。

あるいは、送別の祝宴という意味で使われているのがこちら。

「此食行李《このめしごり》がさがさと洗うて貰《もろ》て、あすの出《いでたち》の残りを詰る」

江戸時代に人気だった浄瑠璃《じょうるり》『ひらがな盛衰記』に出てくる一節です。食行李とはいわゆるお弁当箱のこと。お弁当箱をさっと洗ってもらって、明日の送別の宴のご馳《ち》走《そう》を詰めたのでしょう。

あるいは、立身出世という意味でも使われました。

「大臣の後にて、出で立ちもすべかりける人の、世のひがものにて」（源氏物語・若紫）

大臣の家柄で、もっと出世できたであろう人でしたが、世間でいうひねくれ者でして……という文脈で「いでたち」が使われています。

「立派な出立《いでたち》で……」などというときは、その人の服装や身ごしらえそのものをあらわす意味で使われます。

そのほか、「いだしたつ」という読み方をすることもあります。この場合は、用意を整えて人を外へと送り出すこと、宮仕えに出すことという「いでたち」同様の使い方のほか、声に出して歌い出す、という意味でも使われていました。

「頭中将《とうのちゆうじよう》、心づかいして、出だし立てがたうす」（源氏物語・篝火《かがりび》）

――頭中将は、気をつかって、歌い出しにくそうにしている。

桃太郎の出立

いままでは「しゅったつ」という読みが定着した「出立」ですが、明治の頃までは「しゅったち」という読みが一般的でした。「しゅったつ」と同様の意味で使われていたのですが、明治二〇（一八八七）年、文部省は、尋常小学校の読本《とくほん》に「出立」として「しゅったつ」という読み方を定めたのです。

「桃太郎は、其だんごをこしにつけて、家を出立し、山をこえてゆきました」

桃太郎は、家を「出立」して鬼退治へと向かったのです。なかなかに趣《おもむき》ある言い回しではありませんか。

夏目漱石　慶応3〜大正5年（1867〜1916）

明治時代の幕開けとともに、江戸の名主の家で育った漱石は、いわば新たな時代の日本文学の礎《いしずえ》を築いた文学者といえます。もとは英文学者であった漱石ですが、漢文や俳句にも造詣《ぞうけい》が深く、みるみる文才をあらわし、四九歳という短い生涯のなかで『吾輩《わがはい》は猫である』『三四郎』『こゝろ』など、一〇〇年後も読み継がれる作品をたくさん残しました。

『坊っちゃん』はいわずと知れた漱石の代表作。愛媛県尋常中学校に英語教師として赴任した漱石自身の体験をベースに、作家人生初期の明治三九（一九〇六）年に発表した中編小説です。漱石のみずみずしい文体が一〇〇年後のいまも読者を魅了します。

起居《ききょ》　徳田秋声《とくだしゅうせい》

体の起居の自由が利《き》かない

ずっと年を取って、体の起居の自由が利かなくなってから、まるで駄々《だだ》ッ児《こ》のように、煙管《きせる》を振りあげて母を打とうとした父の可笑《おか》しな表情も目についていた。

徳田秋声『風呂桶《ふろおけ》』

日常生活だけではない意味

「起居」には四つの意味があります。一つめが、日常の立ち居振る舞いのこと、つまり日常生活そのもの。夏目漱石の『吾輩は猫である』に「巣鴨《すがも》の病院に起居している」という言い回しが出てきます。

二つめが、普段の様子、動静や安否です。江戸時代の俳書『新花摘《しんはなつみ》』では「起居寒暖を問うことはもとより也《なり》」といった具合に使われています。

三つめがご機嫌を伺うことです。「謹んでご機嫌お伺い致します」を中国語では「敬候起居《ジンホウチージュー》」と書きます。

そして、四つめが起き上がっていること。つまり、寝ていない状態のことをあらわします。『日葡辞書《にっぽじしょ》』には「Qiqio（キキョ）。ヲキテ　イル」と記述されています。この辞書は、日本を訪れたイエズス会宣教師たちによって日本語をポルトガル語で解説したものです。

起きてから寝るまでが記録された皇帝

さて、中国には『起居注』なる書物が存在します。古代以来の天子さま（皇帝）に関するあらゆることを記録したものです。

古代の皇帝には、必ず、右史《ゆうし》と左史《さし》なる官吏がつき従っていました。右史は、皇帝が何を話したのか書き留める係で、左史は皇帝が何をしたのかを書き留める係。

起きるところから、寝るところまで、天子の一挙手一投足をすべて記録するための官吏だったのです。「起居」の「居」には、「座る」という意味、そこから転じて「休む、寝る」という意味がありました。それゆえ、起居は、起きてから寝るまでの、日常の立ち居振る舞いすべてを意味する言葉として使われるようになったのでした。

ところで、古くは唐の高祖である李淵《りえん》の『起居注』が残っています。それによると、李淵は大変に早寝早起きだったとか。あらゆる行動、あらゆる発言が記録されてしまう天子、さぞかし窮屈《きゅうくつ》な起居だったことでしょう。

現代の私たちが日常に「起居」を使うとしたら、「晩年、起居が不自由になりました」といった具合にいかがでしょう。あるいは、「できるものならば、パリ郊外のフォンテーヌブローに起居してみたいものだ」などと書くと、ちょっと文学的な香りのする文章になるでしょう。

徳田秋声　明治4〜昭和18年（1871〜1943）

加賀藩《かがはん》の家老の家臣の家、徳田家の第六子として生まれた秋声、生活は決して楽ではなく、幼少期は病弱だったといいます。尾崎紅葉《おざきこうよう》の門に入り、自然主義文学の作家として数々の短編や長編を発表します。最後の長編『縮図』は、戦時下に当局の介入を受けて未完に終わり、戦局が悪化していく昭和一八年、自宅にて病死しました。

『風呂桶』は大正一三（一九二四）年に雑誌「改造」で発表された短編小説です。津島（夫）は、子どもたちが大きくなるにつれて借りている住宅が手狭《てぜま》になり、敷地内のもう一軒の家も借りて改築をする。長いこと壊れたままになっていた湯殿もこの折に改築しようと思い立つのですが、ふとしたことで津島の癇癪《かんしゃく》が爆発します。ほんの一瞬の出来事のなかに、津島のこれまでの時間が織り込まれ、人生の悲哀が凝縮された短編です。

臆面《おくめん》

臆面もなく道場を出す　三田村《みたむら》鳶魚《えんぎょ》

とても剣道の指南などをするほどの腕前があった人ではないのであります。しかし粘っこいだけに、臆面もなく道場を出していないともいわれない。明治の初めに、漢学教授・英学教授の看板を出しておりましたのが、皆学者かといえば、そうじゃない。

三田村鳶魚『話に聞いた近藤勇《こんどういさみ》』

図々《ずうずう》しい人に使う言葉

「臆面」の「臆」の左側は「にくづき」です。似ている漢字では、「憶」「億」などがおなじみですね。うっかり「りっしんべん」と間違えやすいのですが、「臆面」は「にくづき」ですので、気をつけてください。

「あいつは臆面もなくパーティーに現れた」など、打ち消しの言葉をともなって使われることが多くあります。「臆面」自体は、「気おくれした様子」「臆したさま」「はにかんだ顔色」といったことをあらわしますから、「臆面もなく」で、「恥じらいもせず」「図々しく」というような意味になります。

夏目漱石の、かの有名な『吾輩は猫である』にも、次のような一節が出てきます。

「まあ何の因果《いんが》でこんな妙な顔をして臆面なく二十世紀の空気を呼吸して居《い》るのだろう」

なかなか辛辣《しんらつ》な言葉ですね。

胸がつかえて言葉が出ない

ところで、「臆」の「にくづき」の右側を、かつては「乙」と書いていました。「にくづき」は胸部をあらわし、「乙」は、何かが引っかかっているさまをあらわしたものでした。思うことがたくさんあって胸がつかえている、というところから、言葉がスラスラと出てこない、気持ちを抑える、控えめになる、という意味につながりました。

「臆病」という言葉も、胸にいろいろな思いがつかえて、気持ちが萎《な》えて弱々しくなってしまうさまをあらわしているのです。

かつては、「憶測」のことも「臆測」と書いたそうです。胸の内側であれこれと推《お》し量《はか》る、という意味ですが、心の中の働きをあらわす言葉ですので、のちに「りっしんべん」を使うようになったのですね。

ちなみに、「憶測」とほぼ同じ意味の言葉に「臆見《おっけん》」というものがあります。一人で胸の中にあれこれと思い抱く、独りよがりな見解、という意味です。

三田村鳶魚　明治3〜昭和27年（1870〜1952）

三田村「えんぎょ」、面白い名前ですね。もちろんペンネームで、本名は玄竜です。鳶魚というペンネームは四字熟語の「鳶飛魚躍《えんぴぎょやく》」に由来します。鳶《とんび》は飛び、魚は躍る。あらゆるものが、その本性に従って自由に満ち足りて楽しんでいるさまをたとえた四字熟語です。三田村は江戸学の祖ともいわれる人物で、彼の全集端本《はほん》を目にしない古書店はないほど、江戸にまつわる多くの随筆を残しました。彼の著述をすべて読めば江戸学のすべてがわかる、とさえいえるでしょう。

『話に聞いた近藤勇』は新撰組《しんせんぐみ》局長として活躍した幕末の武士・近藤勇についてまとめた評論で、「日本及日本人」という言論誌の昭和五年一〇月一日号に掲載したもの。近藤勇が、じつは大した剣の腕前もなく、陰険で小賢《こざか》しく、取るに足りないつまらない人物であるのだと歴史をひもときながら解説しています。それなのに、なぜ彼を新撰組のヒーローのようにもてはやす風潮があるのだと嘆く、三田村らしいストレートな文体が読みやすい評論です。

蒼惶《そうこう》　蒼惶と帰ってしまった

山崎豊子《やまさきとよこ》

昨夕、六時に第一種災害指令を出した時、鉄平のすすめを待ちうけていたように、蒼惶と帰ってしまったのが、気になっているらしかった。

山崎豊子『華麗なる一族』

慌《あわ》てふためいて、心ここにあらず

いまでは「倉皇」とも書きますが、もともとは「蒼惶」という漢字が使われていました。慌ただしいさま、慌てふためいているさまを意味します。

「蒼」という字は、「倉」の上に「くさかんむり」があります。倉に取り込んだ牧草、つまり、干した草のように生気のない青い色をあらわします。

「惶」の字はどうでしょう。右側の「皇」は、「天皇」「皇室」「皇子」といった言葉でおなじみですね。「大きい」「広がっている」というような意味があります。それに

「りっしんべん」がつきますので、心がうつろであてもないさま、慌てふためいていて、心ここにあらず、といった状態をあらわすのが「惶」なのです。

「惶」の字は、あまり日常的に使わないかもしれませんが、「蒼」の字は「蒼《あお》ざめる」などと、いまでもしばしば使われます。「蒼」を使った熟語も少なくありません。

蒼のつく言葉「蒼氓《そうぼう》」「蒼茫《そうぼう》」「蒼卒《そうそつ》」

「蒼氓」という言葉はご存じでしょうか？　この言葉自体は「人民」を意味しますが、そこには「ボートピープル」のような「あてもなくさまよう民」といったニュアンスが込められています。

あるいは、読み方の同じ「蒼茫」という言葉もあります。「茫」の字には「惶」と同じく、はてしなく広々としている、ぼんやりととりとめなく広がっている、という意味があります。

そこに「蒼」がつくことで、草原や海などが、あおあおとどこまでも広がっているさまを意味するようになります。しかも「蒼ざめる」の「蒼」ですから、力強くエネルギッシュな「青さ」ではなく、どこかぼんやりと虚《うつ》ろで仄暗《ほのぐら》さを含んだような「青さ」が思い浮かぶのです。

ところで、「蒼」との関連で、覚えておくとよい熟語に「蒼卒（倉卒）」というものがあります。こちらは、忙しく慌ただしいさま、にわかで思いがけないさまをあらわす言葉です。「蒼惶」と似ていますが、にわかに思いがけずに、という意味があり、思いもかけないことが慌ただしく決まってしまった際などに使えます。

藤沢周平の『蟬《せみ》しぐれ』のなかにも、「倉卒の間の決定であり、助左衛門の跡目をついだ文四郎の身分も未定のままだった」というくだりが出てきます。「怱卒」とも「草卒」とも書きます。

山崎豊子　大正13～平成25年（1924～2013）

日航機墜落事故を扱った『沈まぬ太陽』、中国残留孤児問題を扱った『大地の子』、あるいは沖縄返還密約事件を取り上げた『運命の人』など、骨太な社会派小説を次々に世に送り出した気骨の女流作家です。

『華麗なる一族』は昭和四五（一九七〇）年から四七年にかけて「週刊新潮」で連載され、映画やテレビドラマにもなった山崎豊子の代表作の一つです。関西有数の都市銀行を経営する一族を軸に、金融機関という巨大な権力の裏側を緻密《ちみつ》に描いています。

酩酊《めいてい》　酩酊のようにぼくを領《りょう》した　北杜夫《きたもりお》

とにかくぼくは父の匂《にお》いを感じた。するとその瞬間、たとえようのない懐《なつか》しさと落着きとがぼくの内部にわきあがってきた。〈死〉が旅先の父をかくしてしまったことをぼくは知っていた。父はもうどこにもいないのにちがいなかった。そのくせあたりには彼の匂いが漂い、そしてちいさなぼくがかつて彼のいた場所に立っていた。意味ありげな錯覚が、あたかも酩酊のようにぼくを領した。それはぼくがいま、父と同じものであるという確信であった。

北杜夫『幽霊』

かろうじて判断力は残っている状態

お酒や薬などでフラフラになっている状態のことを酩酊といいます。かつては「めいでい」とも読んでいました。

酩酊というと、ぐでんぐでんに酔っ払って正体をなくしている状態のように思っている人もいますが、そこまでいくと「泥酔《でいすい》」ですね。酩酊は、泥酔まではいかないレベル、とはいえ、ほろ酔いという可愛《かわい》らしいものでもない、という感じでしょう。

酩酊状態であれば、判断力は低下しつつも、かろうじて残っている。判断力がほぼゼロになった状態が泥酔です。さらに重症になると「昏酔《こんすい》」。これは急性アルコール中毒と紙一重《かみひとえ》、危険な状態ですね。お酒とは上手につき合いたいものです。

さて、人間とお酒との関係は古代よりはじまっています。メソポタミア文明の頃より、人類はお酒を楽しんでいました。中国でも、晋《しん》王朝について書かれた史書『晋《しん》書《じょ》』のなかに「酩酊」の文字が登場しますし、日本では、『万葉集』に収められている大伴池主《おおとものいけぬし》が詠《よ》んだ歌につけられた漢詩に、次の一節が見えます。

「縦酔陶心忘彼我　酩酊無処不淹留」

——すっかり酔って彼我《ひが》の区別も忘れ、酩酊状態でどこでも構わず座り込んでしまう。

ずいぶん気持ちよさそうな様子が目に浮かびます。

うれしさのあまり夢見心地に

そういえば、夏目漱石の『吾輩は猫である』にも、迷亭君なる人物が登場します。ホラ話で人をかついでは楽しむ美学者で、いつでも酩酊しているようなユニークな人です。

なにもお酒や薬の力を借りなくても、人は、酩酊状態になることがあります。まったくもって説明のつかないようなこと、完全に想定外の出来事にびっくりしたり、あるいは想像もしなかったことが起きたうれしさのあまり、夢を見ているのではないか、というような心地になることがあります。これも一種の「酩酊状態」だといえましょう。

酩酊してしまうほどの幸せを、ときには味わってみたいものですね。

北杜夫　昭和2～平成23年（1927～2011）

東京生まれ。父親も医師という医者の家系に生まれた北杜夫ですが、父の斎藤茂吉は医師であると同時に優れた歌人としても知られています。また、兄は精神科医でありながら、味わいのある文章が人気のエッセイストでもある斎藤茂太。北杜夫の代表作の一つは、自身の体験をユーモラスに綴《つづ》った『どくとるマンボウ』シリーズでしょうか。芥川賞受賞作である『夜と霧の隅で』といった優れた文学作品も遺《のこ》しています。

『幽霊』は、北杜夫の初期の長編小説です。二〇代の北が文芸雑誌「文藝首都」に分載していたものを昭和二九年に自費出版しました。青春期にしか書けないようなみずみずしい文体で、幼年期や青年期の記憶をたぐり寄せていきます。若い頃、自分が世界をどのように眺め、そして自分の内側に何を感じていたのか……読む人を、まさしく「酩酊」させてくれるような文体です。

慨嘆《がいたん》　寺田寅彦《てらだとらひこ》

慨嘆する人もあるようだ

　この工事を県当局で認可する交換条件として上高地までの自動車道路の完成を会社に課したというわさ話を同乗の客一人から聞かされた。こうした工事が天然の風致《ふうち》を破壊すると言って慨嘆する人もあるようであるが自分などは必ずしもそうとばかりは思わない。深山幽谷《しんざんゆうこく》の中に置かれた発電所は、われわれの目にはやはりその環境にぴったりはまってザハリッヒな美しさを見せている。

寺田寅彦『雨の上高地』

何を嘆いているのか

「慨嘆」とは、嘆き悲しむことを意味します。では、いったい何を嘆いているのか。
「慨」の右側は「すでに」という意味があります。この漢字には、「すでにやってしまった」だけでなく、「まだ、少ししかやっていない、十分ではない」という意味もあります。

ですから、「慨嘆」も、まだ少しだけしかやれていないこと、志を達成できていないことを嘆く、という意味があります。あるいは、すでにやってしまったことを後悔して嘆く意味での「慨嘆」もあります。どちらの意味なのかは、文脈から判断しましょう。

「慨」を使った熟語としては、「慨憶《がいおく》」や、「慨恨《がいこん》」、「慨憤《がいふん》」というものがあります。「慨憤」を入れ替えて「憤慨」ともいいます。

それぞれに、思い出して嘆いたり、恨《うら》めしく残念に感じて嘆いたり、怒りながら嘆いたりとさまざまです。

口から思わず漏れてしまうもの

ところで、「慨嘆」の「嘆」の字は、「歎」と同じ意味をあらわしています。どちらも「なげく」と読みます。「嘆（嘆）」の右側と「歎」の左側は同じ形をしていますね。

そして、じつは、「嘆」の左側と「歎」の右側も同じことをあらわしているのです。

「嘆」の左側には「口」があります。読んで字のとおり、口のことです。一方の

「歎」の右側は「欠」という字ですが、「あくび」と読むことからもわかるように、口を大きくあけている人を横から見た象形文字です。

つまり、どちらも「口」をあけているということをあらわしているのです。あーあ、と大きく口から大きなため息が漏れることを「太息《たいそく》（太息）」といいます。ため息はうれしいときにはあまり出ません。がっかりする、残念に思う、嘆き悲しむときに、思わず口から漏れてしまうものです。

ところで、作家の遠藤周作は、夜中に突然叫ぶことがあったそうです。なぜいきなり叫ぶのかと本人に問うたところ、酒を飲んだときの自分の言動を思い出して、いたたまれなくなって「あーっ！」と叫ぶのだといっていたそうです。まさしく、「やってしまった！」と慨嘆していたのでしょうね。

寺田寅彦　明治11～昭和10年（1878～1935）

東京帝国大学理科大学を首席で卒業した理学博士号をもつ物理学者です。しかし、天は二物を与え、寺田は理系の頭脳とともに文才にも恵まれました。熊本第五高等学校時代の英語教師は夏目漱石。そうした出会いにも恵まれたのかもしれませんね。

『雨の上高地』は昭和九年九月、初秋の上高地を泊まりがけで訪れた寺田の随筆です。理系の人らしい緻密《ちみつ》な風景描写が印象的です。「工事が天然の風致を破壊すると言って慨嘆する人」のことを書いている一方、寺田自身は発電所に「ザハリッヒ（即物的）な美しさ」を見出《みいだ》しています。

左袒《さたん》　押し潰《つぶ》そうとしている力に左袒する　宮本百合子《みやもとゆりこ》

彼は日本のブルジョアリアリズムの限界を殆《ほとん》ど悲劇的に示している。志賀直哉に向って、日本の知性を押し潰そうとしている力に左袒していると いったならば、彼はどんなに意外に思うであろう。そして、そういう人を憎むだろう。

宮本百合子『前進的な勢力の結集』

「左袒」と「加担」と「荷担」

「さたん」と読みますが、悪魔とは関係ありません。サタンでもルシファーでもありませんよ！

時は紀元前一八〇年頃のこと。中国は前漢の時代でした。前漢の武将である周勃《しゅうぼつ》は、劉《りゅう》氏一族とともに、政治を独占していた呂《りょ》氏の討伐に乗り出します。その際、彼は全軍に向かって「呂氏に味方するのか！　それとも劉氏につくのか！」と迫ります。

このとき、「呂氏につく者は右袒《うたん》（右側の襟を開いて右肩を出す）せよ！　劉氏につく者は左袒（左側の襟を開いて左肩を出す）せよ！」と告げたところ、全員が左側の襟を開いて左肩を出したというエピソードが、中国初の通史である『史記《しき》』の「呂《りょ》太后本紀《たいこうほんぎ》」に残されています。

ここから、左袒には、肩を持つ、味方になる、賛成する、という意味が生まれたのです。

「左袒」と似た熟語に「加担／荷担」という言葉があります。相手側に加担する、悪事に荷担する、など、似たようなニュアンスで使われます。音も似ているので、ますます混同しそうですね。ですが、意味合いの違いは漢字からも読み取れます。

「荷担」は荷を担《かつ》ぎ上げるようなイメージで、「加担」は力を貸すといったイメージですが、どちらもほぼ同じ意味で使われます。「てへん」がついているので、つまり、積極的に手を貸し、力を貸すことをあらわします。

一方の「左袒」の「袒」は「ころもへん」。力を貸すまでには至りません。襟元をはだけて「味方の意を示す」、そちらを「選ぶ」といった程度なのです。

福沢諭吉《ふくざわゆきち》も書いている

「袒」と「担」、どちらの漢字にも右側は「旦」の字がついています。「元旦《がんたん》」という新年を意味する言葉に使われるように、これは、日が地平線より現れ出るさまをあらわし「夜明け」「世の中のはじまり」などをあらわす漢字です。それに加えて、もう一つ、下の横線が肩を、上の日が丸い頭をあらわし、いわゆる肩まわりを表現しているとも読み取れるのです。

ですから、まさに「ころもへん」の「旦」で、肩まわりを隠す衣＝「襟まわり」としての「袒」であるといえるでしょう。

ちなみに、福沢諭吉の、かの有名な『学問のすゝめ』にも、「左袒」の文字が出てきます。「人は同等なる事」の項のなかに、「右は百姓町人に左袒して思うさまに勢を張れと云《い》う議論なれども、又一方より云えば別に論ずることあり」という一文があります。

士農工商の時代から一転、百姓も町人も万人は皆平等だという諭吉の論は、特権階級の人々からすれば「百姓町人に左袒する」ものだと感じたのかもしれません。

宮本百合子　明治32〜昭和26年（1899〜1951）

東京生まれの宮本百合子は早くからその才能を開花させます。日本女子大在学中の一七歳にして、坪内逍遥《つぼうちしょうよう》の推薦で『貧しき人々の群』を「中央公論」に発表、注目を集めました。ソ連訪問などをきっかけに共産主義へ傾倒していき、文芸評論家で日本共産党の活動家であった宮本顕治《みやもとけんじ》と結婚、文学を通して社会運動に情熱を注ぎました。

『前進的な勢力の結集』は戦後まもない昭和二三年、思索社の雑誌「個性」に発表した評論です。抑圧と弾圧の戦時下、文化人たちがどのように権力に「左袒」していたかを振り返り、脆弱《ぜいじゃく》な日本のデモクラシーをいかに広めてゆくかを考察しています。

醸成《じょうせい》　徐々に醸成されつつあった　澁澤龍彦《しぶさわたつひこ》

当時、ベルリンの町はナチ党と共産党との、激烈な闘争の坩堝《るつぼ》と化していた。深刻な社会不安が、目に見えないところで徐々に醸成されつつあった。しかしマグダをも含めた、インテリ有産階級の誰もが、この危機の徴候に少しも気づかず、つい二、三年後にヒトラーが政権を獲得することになろうとは想像もしていないのだった。

澁澤龍彦『世界悪女物語』「マグダ・ゲッベルス」

古くは「かみなす」と読んだ酒の言葉

「醸成」と見ると、なんとなくじっくりと樽《たる》の中で熟成されていくウイスキーを連想してしまいます。というのも、「醸」の左側に「酒」の字に使われている「とりへん」がついているからでしょう。

実際、「醸成」はお酒と深いつながりのある言葉です。

万葉の時代には、「醸成」と書いて「かみなす」と読みました。『万葉集』にも、読み人知らずの次のような歌が出てきます。

「味飯《うまいい》を水に醸成《かみなしわ》吾が待ち代《かひ》はかつてなし直《ただ》にしあらねば」

美味《おい》しい米を、水を使って醸成する。つまり美味しいお酒を造る、ということです。

昔は、飯を口の中で噛《か》んで吐き出し、それを醸成させて酒を造っていました。そこから「かみなし」という読み方がついたのだと考えられます。

じわじわと変化していく様子

ところで、米を発酵《はっこう》させて美味しい酒にしていくのに欠かせないのが「酵母」ですが、「酵母」のことを「醸母」と書くこともありました。「醸」という漢字は「かも（す）」とも読みますが、じわじわと内側から醸し出されるように造り出す、という意味があります。まさに、酵母菌が米に働きかけて、じわじわと酒が醸成されていくような状態です。

「醸」の右側は、もともとは口が二つ並ぶ「襄」という形をしていました。この漢字の上下だけを抜き取ると「衣」という漢字になります。その間に二つ並んだ「口」は酒壺《さかつぼ》をあらわし、その下の縦横の線の組み合わせは木で組んだ枠組みのようなものをあらわします。つまり、木組みの上の壺に蒸した穀物を入れて、酵母菌を混ぜ、布で覆《おお》ってじっくりと熟成させている様子をあらわす象形文字なのです。

あるいは、上部の「なべぶた」は、かつては平らではなく山の形にとがっていて、米の中に酵母菌を混ぜ込む鋤《すき》のような道具の形をもあらわしていました。じつに想像力をかき立てられる一文字です。

そのようにじっくりと酒が熟成されるさまをあらわしていた「醸」という漢字ですが、酒だけでなく、ある雰囲気、ムード、気分がじわじわとそうなっていく、というときにも使われるようになります。一気に転換していくのではなく、目に見えないところで内側からじわじわと徐々に変化していく様子が読み取れるのです。

澁澤龍彦　昭和３〜62年（１９２８〜１９８７）

エッセイ、翻訳、評論、小説と、じつに多彩な著述を残した文筆家です。幻想的で独特な澁澤の世界観に影響を受けた表現者たちは多く、没後三〇年の平成二九（二〇一七）年にも彼の作品を取り上げる企画が相次ぎました。澁澤が翻訳したフランス人小説家マルキ・ド・サドの『悪徳の栄え』が猥褻《わいせつ》物と見なされて、澁澤と出版者が起訴された「悪徳の栄え事件」は有名です。出版の自由や知る自由を含んだ「表現の自由」をめぐって争われた裁判は、結局被告側に有罪判決が下されて決着します。

『世界悪女物語』は、輝くばかりの美貌《びぼう》で知られたイタリアの貴族の娘ルクレチア・ボルジア、吸血鬼伝説のモデルともなったハンガリーのエリザベト・バートリ、ナチス・ドイツの最高幹部の一人であるヨゼフ・ゲッベルスの妻で、ナチスの理想の母親像とされたマグダ・ゲッベルスなど、悪女として名を残した女性たちの数奇な生きざまを、澁澤の独特な観察眼で見つめた人気のエッセイ集です。

契機《けいき》　大きな飛躍の契機を恋によってして来た　佐多稲子《さたいねこ》

「今度の女との関係は、この前の明子のときとおんなじ心理的経過をたどっているんだ。そして僕は、いつも人生の大きな飛躍の契機を恋によってして来たんだ」

佐多稲子『くれなゐ』

機械に頼る心

「彼の提案書が契機となって、プロジェクトは大きく動きはじめた」というように、何かの物事が発展していくためのきっかけや動機のことを意味します。あるいは、哲学用語としては、それを欠いては物事が存在できないような本質的構成要素や条件のことを意味します。

「機」は「機会」あるいは「機械」という熟語でおなじみです。「機械」には、「器具」から、「器《うつわ》」「武器」「動力装置をつけたマシン」「実験用の道具」あるいは「手段」や「他人に使われるまま自分の意思をもたずに働くこと」まで、じつにさまざまな意味があります。

「機械」というと、中国古典の一節を思い起こします。『荘子《そうじ》』の「外篇・天地篇」のなかの一文です。

「機械あれば必ず機事あり　機事あれば必ず機心あり」

孔子《こうし》の弟子である子貢《しこう》が旅行中、一人の農夫が、井戸からいちいち桶《おけ》で水を汲《く》んでは畑に撒《ま》いているのを見ました。その手間と労力を見かねた子貢が、農夫にこういいます。

「あなたは『はねつるべ（長い横木を使った天秤《てんびん》式の水汲みの仕掛け）』を知らないのですか？　『はねつるべ』を使えばもっと楽に作業できるのに」

すると、農夫は次のように答えました。

「『はねつるべ』を知らないことはないけれど、機械を使うと、機事（それがないと対処できない事態）が起こってくる。機事が起これば機心（機械に頼る心）が起こる。だから私はそれを使わないのだ」

なるほど、時代を超え、スマホやタブレット端末がなければ夜も日も明けない、というような私たち現代人にも響く言葉ですね。

奴隷《どれい》契約からきた文字

もう一方の「契」の字を見てみましょう。左上は、いくつもの「十」を重ねた形をあらわしています。これは、奴隷の契約年数をあらわすものとして、人の額に刀で刻まれた印だといいます。「十」が二つある人は「二十年」の契約、三つある人は「三十年」。下の「大」の字は人が正面を向いて立っている形をあらわします。ずいぶんひどいものですが、かつての社会でポピュラーな契約の形が、そうしたものだったのでしょう。

物事を動かす「機」と、何事かの印としての「契」から、「契機」が、物事を動かしていくきっかけであるということが読み取れます。

佐多稲子　明治37〜平成10年（１９０４〜１９９８）

昭和三（一九二八）年、小学校を中退して東京・神田の工場で働いた自身の経験をもとにした『キャラメル工場から』で、プロレタリア文学の作家としてデビューします。戦中は軍部に協力的な作品を書き、戦後にその責任を問われるという苦しい時代もありましたが、激動の昭和を筆一本で生き抜き、晩年まで表現活動や社会活動にたずさわりつづけました。

『くれなゐ』はプロレタリア文学運動が崩壊していくなか、作家であり妻として生きた佐多稲子自身の苦悩を投影した物語です。夫婦とは何なのか、表現者として生きるとはどういうことなのか、時代を超えて問いかけてきます。

首魁《しゅかい》

叛徒《はんと》の首魁たる榎本《えのもと》は斬首《ざんしゅ》すべき

柴田《しばた》錬三郎《れんざぶろう》

降伏した榎本釜次郎《かまじろう》はじめ主たる幕臣は、東京へ護送され、丸ノ内の糺問《きゅうもん》所《じょ》監獄に拘禁された。

政府部内に於《お》ける大半の意見は、叛徒の首魁たる榎本は斬首すべきである、とした。

しかし、黒田清隆《くろだきよたか》、大村益次郎《おおむらますじろう》らが、榎本の人材を惜しんで極力反対した。

柴田錬三郎『日本男子物語』

よからぬことを企《たくら》む集団のボス

「首魁」とは、いわゆる「お頭《かしら》」です。組織の頭領、頭目。もともとは単なる集団のリーダーという意味でしたが、いまでは、「張本人」とか「首謀者」など、何かよからぬことを企む集団のボス、という意味合いで使われることが多くなりました。

ところで、秋田には、「魁《さきがけ》」の文字を冠した地方紙があります。「秋田魁新報《あきたさきがけしんぽう》」です。犬養毅《いぬかいつよし》が主筆をつとめたこともあります。では、「魁」とはどういう意味なのでしょう。

読み方が同じ「先駆け」と同様、いわゆる「物事のはじめ」「真っ先にはじめること」という意味をもっています。

「魁」という漢字の、左側の「鬼」は、かつては「羹」と書きました。これは「あつもの」と読む漢字で、コトコトと羊の肉を煮込んだ神様に捧《ささ》げるための鍋《なべ》料理のことを意味しました。「鬼」の右側にある「斗」は、ヒシャクの形をした七つ星を「北斗七星」と呼ぶことからもわかるように、鍋料理をすくうためのヒシャクのことを意味します。

つまり、捧げものである熱々の鍋料理をヒシャクですくって人々に配っていくのですが、その最初に配る人のことをあらわすことから、「先駆け」という意味をもつようになったのです。

茶碗《ちゃわん》の底に「魁」の一文字

中国の高級官吏の採用試験である「科挙」の首席合格者のことを「魁甍《かいせん》」といいます。首席合格者ですから、真っ先に合格書が配られるのです。

あるいは、「魁碗《さきがけわん》」というものをご存じですか？　明《みん》の時代によく作られたお碗で、茶碗の底に「魁」の一文字が書かれています。

毎日使う茶碗の底に「魁」の一文字。お茶を飲むたびに、「魁」の文字が目に入ります。こんな茶碗を使いながら、自分が一番になるのだ！　科挙の合格を果たすのだ！　と自己暗示をかけていたのでしょうか。

そんな「魁」の文字に、トップをあらわす「首」がつくのですから、「首魁」という言葉には、組織の最頂点、ボスの中のボス、という意味合いを感じとることができるでしょう。日本では、「首」というと、まさに頭を支えているネックの部分だけを意味することが多いですが、中国では肩から上をすべて「首」といいます。

柴田錬三郎　大正6～昭和53年（1917～1978）

大衆に広く愛される時代小説の地平を切り開いた柴田錬三郎ですが、戦時中には衛生兵として南方へ送られる途中、乗っていた輸送船が撃沈されて九死に一生を得るという体験をしています。『イエスの裔《すえ》』で直木賞を受賞しましたが、代表作として挙げられるのは『眠狂四郎』シリーズ、『水滸伝《すいこでん》』などでしょう。

『日本男子物語』は、会津白虎隊《びゃっこたい》に函館五稜郭《はこだてごりょうかく》の戦い、水戸天狗党《てんぐとう》や桜田門外の変など、さまざまな事件の渦中に生きた日本の男たちについて、等々呂木《とどろき》神仙《しんせん》という老人が酒を啜《すす》りながら語って聞かせるという形式の伝奇小説です。柴田らしい奇想天外な発想で、読む人を引き込みます。

僭称《せんしょう》

安禄山《あんろくざん》は皇帝を僭称して　駒田《こまだ》信二《しんじ》

安禄山の宰相に厳荘《げんそう》という者がいた。安禄山は皇帝を僭称してからは直接に部下と会うことを避け、たいていは厳荘を通して用を達していたが、病いの進むにつれて日ごとに気がいら立ち、わずかなことを咎《とが》めて厳荘をすら罵《ののし》ったり鞭《むち》うったりした。宰相たる身が、侍女たちの面前でそのような辱《はずか》しめを受けようとは！

駒田信二『中国妖姫伝《ようきでん》』「楊貴妃《ようきひ》妖乱」

出すぎたことをする「僭越」

「僭称」とは、少し読みなれない言葉かもしれません。でも、「僭越《せんえつ》」であれば、どうでしょう。何かの会合のスピーチなどで耳にしたことのある人も多いのではないでしょうか。

「まことに僭越ながら、私が乾杯の音頭をとらせていただきます」といった具合に使います。「僭越」には、自分の身分や資格を越えて出すぎたことをする、という意味があるのです。

「僭」という漢字には、目上の人の領分に潜り込んで、勝手なことをする、という意味があります。右上部は、髪の毛に挿す「かんざし」を描いた象形文字です。かんざしは髪の毛に潜り込ませて使います。そこに「にんべん」がついていますから、潜り込むのは髪の毛ではなく他人の領分。さらに、右下の「日」は、この漢字においては「言う」という意味で使われています。他人の領分にまで潜り込んで言葉を発する、ということです。

ちなみに、冒頭の「僭越」と同じ意味の言葉に「僭踰《せんゆ》」というものがあります。私ごときが、身の程をわきまえず、そちらの領分にまでしゃしゃり出てしまいまして……という意味で、へりくだった表現として使うことができます。

「僭称」と「詐称《さしょう》」の違い

「称」は、旧字では「稱」と書きます。「のぎへん」は稲、つまり穀物のこと。右上部の「ノ」と三つの点は、手で何かをつまみあげているさまをあらわしています。その下にある「冉」は、物の重さを測る天秤です。

つまり、穀物を手で持ち上げて、その重さを測るという意味が「稱」の字に込められているのです。この穀物には、これだけの重さ、値打ちがあるのだと広く称することができるわけです。

実際、人にも物にも、その地位や資格をあらわすさまざまな称号がありますね。「……博士」「……級」「……品種」「……名誉理事」など、社会におけるそれぞれの評価が、その称号となって使われています。

ところが「僭称」ですから、勝手に他人の領分に潜り込んでいってしまう「称号」だというわけです。偉い人と自分を勝手に同じ天秤にかけて、自分自身を高い身分であるかのように唱えてしまうこと、自分をそう評価してしまうこと、という意味です。

ただし、これは人が自分の「身分」を偽るときに使う言葉です。「私が王である」「私が皇帝である」といった具合に、高い位を名乗るのは「僭称」ですが、「私は〇〇大学を出ました」などというのは、単なる「詐称」「偽称」です。大学に身分の優劣など存在しないからです。

駒田信二　大正3～平成6年（1914～1994）

中国文学の研究者として教壇に立ちながら、翻訳者、小説家としてもさまざまな作品を残した文学者です。戦中は召集されて中国に出征、捕虜となり工作員だと思われて死刑宣告を受けたという戦争体験をもっています。戦後の中国文学研究の第一人者であった駒田は、中国のドラマチックな歴史の数々をテーマにしたエンターテインメント小説を数多く残しました。

『中国妖姫伝』は唐の時代の楊貴妃や則天武后《そくてんぶこう》、晋《しん》の時代の驪姫《りき》、漢の初代皇帝である劉邦《りゅうほう》の妻・呂太后《りょたいこう》など、傾城《けいせい》の美女として中国の歴史に名を残した女性たちを描いた短編集です。

爪牙《そうが》

幕府の爪牙に堕《だ》している

司馬遼太郎《しばりょうたろう》

新選組のそもそもの結盟趣旨は攘夷《じょうい》にあった。ところが世上のうわさには、幕府の爪牙に堕しているという。爪《つめ》どころか、幕臣に取りたてられるといううわさがある。

司馬遼太郎『燃えよ剣』

手足となって勇猛に戦う

「爪」と「牙《きば》」と書いて、「そうが」と読みますが、「そうげ」と読むこともありました。「げ」は呉音《ごおん》読みで、「が」は漢音読み。「げ」のほうが早く日本に伝わってきた読み方で、奈良時代以降に「が」という読み方が伝わってきたのです。

いまでは「そうが」と読むのが一般的ですが、「そうげ」と読んでも間違いではありません。主人の手足となって働く家臣のことを意味します。

中国・前漢の歴史を記した『漢書《かんじょ》』のなかに、次のような一文が出てきます。

「将軍者、国之《の》爪牙也《なり》」

これは、「将軍は、国の爪牙である」という意味で、つまり、「国を守る勇猛な武臣こそ将軍と呼ぶに値する」と述べているわけです。

「国の爪牙」ですから、国のために手となり足となって勇猛に戦うということを意味します。

この言い回しが日本に伝わってきて、鎌倉時代の歴史書である『東鑑《あずまかがみ》』のなか、正《しょう》治《じ》元（一一九九）年一一月一〇日の箇所には次のような一節が登場します。

「貴客者、為関東之爪牙耳目」

貴客とは「あなた」を敬った呼び方ですが、「貴殿は関東の爪牙《そうが》耳目《じぼく》として働いてきたではないか」といっているのです。ときの幕府が鎌倉に置かれていた時代ですから、関東というのは、つまり鎌倉幕府のことです。

幕府を守る大切な武将である、と詰め寄っているのですが、爪と牙に加えて、耳と目まで動員しているのですから、主人の手足となり目や耳にもなって主人を守る頼もしい存在であるということです。

攻撃のための武器に変わっていく

爪や牙というと攻撃のための武器ですから、攻撃能力の高さをあらわしているような印象を受けますが、本来は忠実なる臣下という意味で使われるのみで、獰猛《どうもう》さをあらわす言葉ではありませんでした。

しかし、明治期になると、攻撃のための武器、という意味で使われることが増えてきます。

尾崎紅葉の『金色夜叉《こんじきやしゃ》』にも「彼は忽《たちま》ち爪牙を露《あらわ》し、陰に告訴の意を示して之《これ》を脅《おびや》かし」という一文が出てきます。ここでは、忠実なる臣下という意味ではなく、攻撃性をあらわす言葉として使われているのです。

司馬遼太郎　大正12〜平成8年（1923〜1996）

数々の歴史小説を手がけてきた司馬の代表作といえば、昭和三五（一九六〇）年に直木賞を受賞した『梟《ふくろう》の城』でしょうか。昭和三八年と平成一一年、二度も映画化されています。あるいは、明治期に近代国家としての歩みをスタートさせた日本を描いた『坂の上の雲』。これもベストセラーとなり、司馬の死後にＮＨＫでテレビドラマ化されました。

『燃えよ剣』は新撰組の副長であった土方歳三《ひじかたとしぞう》の生涯を描いた長編小説で、昭和三七年から三九年にかけて「週刊文春」に連載され、のちにテレビドラマや映画にもなりました。この作中で使われる「爪牙」は、幕府の手足となって動く臣下、という旧来の意味で使われています。司馬は江戸末期のことを描くにあたって、その当時の言葉の使い方を丁寧に踏襲したのではないでしょうか。

誹謗《ひぼう》　医学を誹謗する

井伏鱒二《いぶせますじ》

いざ診察しようとすると、尻込《しりご》みするばかりでなく医学を誹謗する女もいる。いつか新制高校の女教授が診察を受けに来て、その患者を看護婦が、婦人科用の手術台に載せようとすると、じわじわと小理窟《こりくつ》を云い出した。

井伏鱒二『本日休診』

相容《あいい》れない相手を言葉で非難する

古くは「ひほう」とも読んでいました。しかし、現代では「ひぼう」と読むのが慣用です。ただ、「謗」は「ほう」が本来の音です。「ひほう」と読むと、「秘法」「飛報」「悲報」「秘峰」などの同音異義語が多くあり、意味が混乱してしまいます。同音を避けるため「ひぼう」が慣用となりました。

意味は、「他の人を悪くいうこと、謗《そし》ること」です。「誹謗」だけで意味がわからないときには「誹謗中傷」と四字の熟語にしていう場合も少なくありません。

さて、「誹謗」という字ですが、どちらも「ごんべん」がついています。これから見ても、言葉で人を非難することだと推測できます。

それではまず、「誹」とは、どのように人を非難することなのでしょうか。

「誹」の右側に「非」という漢字が見えます。「非常」という熟語として使ったりしますし、単独では「非ず《あら》」というように、何かを否定するような意味でも使います。

この漢字は、じつは二人の背中が向き合っていることをあらわしたもので、おたがいの意見がまったく相容れないことをあらわすものなのです。

ですから、これに「言葉」を意味する「ごんべん」がついている「誹」は、相手がまったく受け入れないで反発する、「言葉」で非難することをいうのです。

周囲の人に非難を広げていくさま

それでは「謗」とは何でしょうか。

「旁」は「傍《そば》」というような漢字で使われます。「傍」というのは、自分（あるいは人）を中心にどんどん両側へと広がっていく空間をあらわします。「旁」という漢字も、同じく、「左右両端へと広がっていく空間」をあらわすのです。

してみれば、「誹謗」とは、相容れない相手を非難する言葉を使って、それを自分の左右の人々にどんどん広めていくという意味になるのがわかるでしょう。「誹謗」というのは、じつに怖いものなのです。

『本日休診』で、井伏は、「医学はダメだ！　医学はインチキだ！　というようなことを医者にいうばかりか、まわりの人たちにも、それを喧伝《けんでん》する」という意味で使っています。

「どんなに他人を誹謗しても、自分の価値は上がらないということを知るべきでしょう」というような使い方をします。

井伏鱒二　明治31～平成5年（1898～1993）

本名は、満寿二《ますじ》です。釣りが好きだったことから、「満寿」をペンネームで「鱒」にしたといわれています。ですが、作家で九五歳まで生きた人という例はほとんどありません。天寿を全うしたという点からいえば「満寿」という本名も大きな意味をもっていたのではないかと思います。

『本日休診』は昭和二四（一九四九）年度、第一回読売文学賞を受賞した作品です。これまで五度にわたってテレビドラマ化されています。

拱手《うでぐみ》　拱手をして首を垂れた　国木田独歩《くにきだどっぽ》

二十四日の晩であった、母から手紙が来て、明《みょう》二十五日の午後まかり出るから金《きん》五円至急に調達せよと申込んで来た時、自分は思わず吐息をついて長火鉢の前に坐《すわ》ったまま拱手《うでぐみ》をして首を垂れた。

国木田独歩『酒中日記《しゅちゅうにっき》』

「手を拱いて挨拶《あいさつ》する」とは？

「拱手」は「きょうしゅ」とも読みます。日常的にはあまり耳にしないかもしれませんが、手をこまぬいて何もせずにいること、という意味の言葉です。「拱く」と書いて「こまぬく」と読みます。こまぬく、こまねく、どちらも同じ意味です。

『論語』のなかに、次の一節があります。

「子路拱而立」（微子第十八）

――子路が拱《きょう》して立つ。

子路が手をこまぬいて、挨拶をしている、という意味ですが、手をこまぬいて挨拶するとはどういうことなのでしょう。これは、何もせずにいる、という意味ではなく、物理的に、両手の指を胸の前で組み合わせた状態をあらわします。中国の時代劇などで挨拶するときの場面を思い浮かべてくださるといいでしょう。

一方の手でもう片方の手をつかむことで、丸腰である、武器は手にしていない、ということを示すことができます。西洋の人々が右手で握手をして、互いに身動きが取れないことをあらわすのと、同じ役割を果たすのです。

この状態が「手をこまぬく」で、子路はそのように手を組んで挨拶をした、というわけです。

共に「てへん」をつけて解釈すると

「拱」の右側の「共」は、「とも」という読み方でおなじみですが、「共る」と書いて「めぐる」と読んだり「共う」と書いて「むかう」と読んだりもします。

『論語』のなかに、次のような一文があります。

「子曰、為政以徳、譬如北辰居其所、而衆星共之」（為政第二―一）

「子曰《のたまわ》く、政《せい》を為《な》すに徳を以《もっ》てすれば、譬《たと》えば北辰《ほくしん》の其《そ》の所に居て、衆星《しゅうせい》のこれを共《めぐ》るが如《ごと》し」と読みます。

「政治をおこなうのに道徳（人徳）をもってすれば、北極星が天の頂点にあって、周囲の星々がそのまわりをめぐるように上手《うま》く民衆を治められるだろう」と孔子が語っているのです。

北辰とは北極星のこと。衆星が北極星を共る、とは、北極星のほうへ向いて、崇《あが》めながらぐるぐると回る、ということを意味します。

「共」には、相手に対して向かっていく、崇めて周囲をぐるぐる回る、という意味があるのです。「てへん」をつけて解釈しなさい、と昔からいわれている言葉です。「拱」には、手をこまぬく、という意味だけでなく、それに向かっていく、対処する、という意味もあるのです。

国木田独歩　明治4～41年（1871～1908）

独歩の代表作といえば『武蔵野』でしょうか。浪漫《ロマン》主義から自然主義へと移り変わっていく時代で、自然主義文学の先駆者とも評される独歩ですが、自然を愛するイギリスの詩人、ワーズワースに強く影響を受けたといわれています。

『酒中日記』は独歩の有名な短編で、明治三五年に「文藝界」誌上にて発表されました。山口の小さな島で私塾を開いてひっそり暮らす青年が、酒を飲んでは書き継いだ日記という体裁で、日清戦争の勝利に浮かれた世相の裏側の人間の悲哀を描いています。

分掌《ぶんしょう》　鍋島は校務分掌で図書室を担当　筒井《つつい》康隆《やすたか》

保叉と初めて会ったあの喫茶店での編集会議の時が一度めで、退勤途上で会って近くの喫茶店に入り一時間ほど喋《しゃべ》ったのが二度めである。鍋島は校務分掌で図書室を担当していて、市谷の想像したところではどうやらこの男自分の好みで図書を購入し、その好みを生徒に押しつけているようであった。

筒井康隆『大いなる助走』

「手のひら」と「たなごころ」

「掌」は「手のひら」です。上部の「尚」は、上という意味があります。下部が「手」、つまり、手の上側ということで「手のひら」をあらわす漢字になるのです。

「分掌」は、「手のひら」を「分ける」のですから、仕事や事務をいくつかに分類し、その一つを受け持つことを意味します。いわゆる「分担」とも似ていますが、「分掌」

と書くほうが、同じ意味でもどことなく格調高く響くでしょう。

「掌」は、「たなごころ」と読むこともあります。あるいは「たなうら」「たなそこ」などと読むことも。「手のひら」から転じて、手に握る、思いのままに支配する、というような意味で使われることもあります。

稀《まれ》に、「たなごころ」を誤って「たなどころ」という人がいますが、間違えないように気をつけましょう。

あるいは、「掌る」と書いて「つかさどる」と読みます。こちらも、「司《つかさど》る」と同様、支配する、という意味をもちます。

責任と権限を含む言葉

「たなごころ」や「つかさどる」からもわかるように、「掌」には、思いのままに操る、支配する、というニュアンスで使われる熟語が多くあります。

たとえば、「掌握《しょうあく》」。文字どおり、手の中に握ることですが、握って思いのままに使いこなせる状態にすること、という意味があります。人心を掌握する。耕地を掌握する。いずれも、意のままにする、というニュアンスが含まれます。

また、「掌統《しょうとう》」という言葉もあります。これは、手中にして統轄《とうかつ》することを意味します。あるいは「掌把《しょうは》」、これは「掌握」と同じ意味で使われます。

やや支配的な雰囲気のただよう「掌」の字ですが、「分掌」となると、とくにだれかを支配し意のままにする、という意味はありません。

しかし、整理し分類した仕事の一つを受け持つ、ということは、その業務に対する責任を負うことを意味します。その責任を果たすための権限もともなうわけなので、手のひらの中に権限を分け与えられるという意味では、「分担」よりも「分掌」のほうがふさわしい、というところでしょう。

筒井康隆　昭和9年〜（1934〜）

筒井康隆の魅力は底なしの奇想天外な発想力といえるでしょうか。言葉への無尽の愛を注ぎながら、その言葉が少しずつ消えて、言葉にまつわる物事も消えていく世界を描いたり、旅をつづけながら気が狂っていく文房具たちの物語を書いたり、およそ普通の人が考えもつかないところに物語を描き出そうとします。筒井の代表作の一つ『時をかける少女』は、実写映画になり、アニメ映画にもなるなど、くり返し私たちを楽しませてくれていますが、その作品の輝きは時代が変わっても色褪《いろあ》せることがないのです。

『大いなる助走』は昭和五二年から翌年にかけ「別冊文藝春秋」に連載されていた小説です。直木賞を彷彿《ほうふつ》とさせる文学賞を軸に、文壇の醜悪な実態をパロディで描き出し話題になりました。何度も直木賞候補になりながら受賞できなかった筒井の恨み節なのでは、ということもささやかれましたが、その真偽のほどは別として、筒井のユーモアあふれる痛快な筆力は、本作でも遺憾なく発揮されています。

懇親《こんしん》　彼女が僕と懇親になったのは　谷崎潤一郎《たにざきじゅんいちろう》

なぜかと云《い》うに、僕は既に自分の全財産を残らず彼女に巻き上げられてしまったからだ。彼女が僕と懇親になったのは、思うに始めから僕の家の財産がめあてであったらしい。

谷崎潤一郎『谷崎潤一郎犯罪小説集』「白昼鬼語」

男女関係だけでなく

「懇親会」という言葉でおなじみでしょう。親しみ合い、交際を厚くすることを意味します。

「懇」という字は「懇ろ」と書いて「ねんごろ」と読みます。「懇ろになる」などと表現すると、男女の関係をあらわす言葉として使われることが多いように感じますが、「懇ろ」は男女関係だけを指すものではありません。

「懇」には、まめまめしく心を込める、真心を込める、心を寄せ合う、という意味があり、お互いに親密である場合に広く使用される言葉です。

「懇ろ」を、かつては「ねうごろ」といったり、「ねもころ」といったりしました。漢字もさまざまで、一〇四五年頃（平安時代）の経典には「心殷《ねうごろに》物の為に情切なり」と書かれたものもありますし、仏教経典の『大般涅槃経《だいはつねはんぎょう》』には「鄭重《ねうころにし》諮い問いてき」という言葉が出てきます。

『万葉集』には大伴家持《おおとものやかもち》の次のような歌が残っています。

「……鶴《たず》が鳴く奈呉江《なごえ》の菅《すげ》のねもころに思い結ぼれ歎《なげ》きつつ吾《あ》が待つ君が……」

「ねもころ」とは、なんだか可愛《かわい》らしい響きですね。

人の心を深く掘り返す

現代でも「懇ろ」という言葉が残っているわけですが、この「懇」の漢字を見てみましょう。

上部の左側の「豸」は、「豹《ひょう》」などの漢字にも使われているように、動物の姿をあらわしています。右側の「艮」は、その動物が体を縮め、牙《きば》で作物を深く掘り返すさまをあらわしています。

「開墾」などの言葉に使われる「墾」と「懇」は、よく似ています。「墾」は下が「土」で、「懇」は「心」です。つまり、動物の牙が掘り返す先が土なのか、心なのかの違いです。土をぐっと掘り返すことから、「墾」は耕すという意味をもち、人の心に深く達することから、「懇」は、親しみ合う、親密になるという意味をもつのです。

谷崎潤一郎　明治19～昭和40年（1886～1965）

明治から昭和にかけて活躍した、近代日本の代表的な小説家の一人です。何度も映画化された『痴人《ちじん》の愛』や『鍵《かぎ》』などは有名です。独特の美意識をさまざまなスタイルの文学作品へと昇華させる谷崎の作風は、海外でも高く評価されています。人が罪を犯すときの心理とは、一体いかなるものなのか。『谷崎潤一郎犯罪小説集』は谷崎ならではの執拗《しつよう》な人間描写で、善良なる殺人者やマゾヒストの殺人者たちが描かれた、異色の犯罪小説集です。

文庫版あとがき

最近、二〇一五年以降に書かれたライトノベルを一気に読む機会がありました。ラノベを読んでいるという中高生と日本語について対談をするためだったのですが……な、な、なんと、ふだん自分が読んでいる漢文や明治の文豪たちの文章との隔絶した違い！と驚かされてしまったのでした。

いい、悪いを言うつもりはありません。

すぐに感じたのは、文豪たちであれば小説の中に出てくる人物の関係や感情の起伏を、語彙《ごい》力をもって行間に滲《にじ》むように書いていただろうと思うところを、ラノベの作家が、すべて話し言葉で思ったまま書き連ねていくパワーです。

明治時代の「言文一致」の格闘から百年、今、紡《つむ》がれるライトノベルの文章は、頭に浮かんで思うことをそのまま文章にして書いていく「思文一致」になったのだと感じたのです。

一人でゲームをしながらのつぶやき、漫画やテレビドラマなどで使われる日常生活には決してない心境の説明などの小説への反映といった影響があることは確かでしょうが……しかし、それにしても、**「うああああああああああああああああ！！！　魔女様マジで強すぎですううううう！！！！！！」**（森田季節『スライム倒して300年、知らないうちにレベルMAXになってました』）、**「食らえ！　風呂上りストレッチが可能としたハイキック！」**（長月達平『Re：ゼロから始める異世界生活』）などというライトノベルに見られる表現は、明治時代の作家たちが構築しようとした豊富な語彙力によるイメージの展開とはまったく異なる次元なのだろうと思われます。

とはいえ、太安万侶《おおのやすまろ》による『古事記』（七一二年）、また舎人《とねり》親王らによる『日本書紀』（七二〇年）が書かれて千三百年余り、日本語の変化とともに、どんな時代にも書き手は、常に、より的確に自分の思いを伝えるための表現を摸索《もさく》して来たのです。

言葉は「力」です。

言葉は、人を活《い》かすことも、殺すこともできる「力」です。

我が国には古くから、言霊《ことだま》という思想がありました。

言葉には不思議な力が宿っているという考えです。

日本語を母語にしていれば、ふだん「言霊」など考えることなく無自覚に言葉を選択して使ってしまいますが、日本語は、美しいものか、不潔なものかを語頭の音で明確にすることができます。

たとえば、「じとじと」と「しとしと」、「ざらざら」と「さらさら」、「ばらばら」と「ぱらぱら」。

他にも「ガマ」、「ゴミ」、「バカ」、「ズル」、「ゲロ」……など、濁点で始まる言葉に美しいものを表す言葉はほとんどありません。

語感という言葉がありますが、日本語にこうした特徴があることを知って、意識的に使いこなすことはとても大切なことなのではないかと思います。

ところで、言葉の「力」という点で言えば、語感とともに、「語彙」の豊富さはとても重要です。

どれだけ多くのアイディア、閃《ひらめ》き、すばらしい考え方を持っていたとしても、言葉としてうまく表現する方法がなければ、相手にそれを的確に伝えることができないからです。

また、同じ内容のことを言っても、もっとも適当な言葉が見つからなければ、相手にインパクトを与えることができません。

語彙力を身につけること、そして状況に応じて最適な言葉を選び出して使うセンスを持つことが必要なのです。

たとえば、「億劫《おっくう》」と「大儀」という言葉があります。

どちらも「面倒だなぁ」という時に使われます。

しかし、やはり、この二つの言葉には、それぞれ違う「面倒さ」が隠されています。

「億劫」は、本来、「おっこう」という仏教用語で「はるかに長い時間」を意味します。この意味が派生して「どれだけ長い時間を掛けてもなかなかできないことは、面倒だ」という意味で使われるようになったものなのです。

それでは「大儀」はどうでしょう。

「大儀」は「大きな儀式」を意味します。

たとえば、令和元（二〇一九）年五月から十一月の間に行われた今上天皇の即位の儀式を覚えている方も少なくないのではないでしょうか。

賢所《かしこどころ》・皇霊殿・神殿への期日奉告の儀、伊勢神宮・天皇陵への勅使発遣の儀、また大嘗宮《だいじょうきゅう》の儀など、およそ半年にわたって、様々な儀式が行われました。

「大儀」とは、このように「たくさんの儀式が次々に行われること」を意味します。

もちろん、天皇即位の儀式が「面倒」だというわけではありませんが、「大きな儀式」を行うために必要な人手、時間の調整、物品の用意など、大変な手間が掛かることを表します。

「ふとんから出るのは億劫だなぁ」、「会議にでるのは大儀だなぁ」とどちらも「面倒」という意味で使いますが、「時間が掛かる」点に主軸があるのか、それとも「たくさんの物事の調整」に主軸があるのかによって、これらは使い分けることができるのです。

そこまで考える必要があるのかと言う方もあるでしょう。

ですが、「神は細部に宿る」と言います。

文豪と呼ばれる人たちの文章を読んでいると、このような点に気配りがなされて、状況が非常に明瞭《めいりょう》に伝わるような工夫が施された上に、重厚さをも含んでいることを感じるのです。

ライトノベルの書き手にもう少し語彙力があったらなどと言うつもりはありません。

それは、語彙力のなさが創《つく》り出す、不思議なおもしろさ、舌足らずの電子化された音感など、現代の日本語の特徴として、ライトノベルにしか表現できない世界観があるからです。

ただ、明治大正、昭和の初期までの、漢語や古語に馴染《なじ》みがあった時代の作家の語彙に対する深い教養は、この百年の間に薄れてしまったということは感じます。漢文が高校であまり扱われなくなったということもひとつの理由なのかもしれません。

英語ももちろん必要でしょう。しかし、明治大正の人たちは、英語はもちろん、それに漢文、古文にも親しんでいました。彼らは、日本語の表現には、漢語や古語の力を身につけることが必要だと知っていたのです。読めば読むほど深読みしたくなる文豪たちの語彙力に頭が下がる思いでいっぱいです。

本書は、さくら舎の社長古屋信吾様から頂いた企画でした。「凄《すご》い語彙力」というタイトルはやめましょうよ、「凄い」を言い替えることが「語彙力」なのですから、とタイトルについて言ったことを思い出します。

しかし、企画の天才である古屋社長は、どれだけ言っても、「これでいいんです」という笑顔。改めて、さくら舎の古屋信吾社長の「凄さ」と、その時編集をして下さった松浦早苗様、また今回、本書を文庫化して下さった新潮社の小川寛太様に心から感謝を申し上げる次第です。

この作品は二〇一八年四月さくら舎より刊行された。

外山滋比古著　日本語の作法

『思考の整理学』で大人気の外山先生が、あいさつから手紙の書き方に至るまで、正しい大人の日本語を読み解く痛快エッセイ。

中西　進著　ひらがなでよめば　わかる日本語

書くも掻くも〈かく〉、日も火も〈ひ〉。漢字を廃して考えるとことばの根っこが見えてくる。希代の万葉学者が語る日本人の原点。

丸谷才一著　完本　日本語のために

子供に詩を作らせるな。読書感想文は書かせるな。ローマ字よりも漢字を。古典を読ませよう――いまこそ読みたい決定版日本語論！

松本　修著　全国アホ・バカ分布考
―はるかなる言葉の旅路―

アホとバカの境界は？　素朴な疑問に端を発し、全国市町村への取材、古辞書類の渉猟を経て方言地図完成までを描くドキュメント。

森本哲郎著　日本語　表と裏

どうも、やっぱり、まあまあ――私たちが使う日本語は、あいまいな表現に満ちている。言葉を通して日本人の物の考え方を追求する。

藤井青銅著　「日本の伝統」の正体

「初詣」「重箱おせち」「土下座」……その伝統、本当に昔からある!?　知れば知るほど面白い。「伝統」の「？」や「！」を楽しむ本。

文豪《ぶんごう》の凄《すご》い語彙力《ごいりょく》

新潮文庫　や - 85 - 1

令和三年五月一日発行

著者　山《やま》口《ぐち》謠《よう》司《じ》

発行者　佐藤隆信

発行所　株式会社　新潮社

郵便番号　一六二―八七一一
東京都新宿区矢来町七一
電話　編集部(〇三)三二六六―五四四〇
　　　読者係(〇三)三二六六―五一一一
https://www.shinchosha.co.jp

価格はカバーに表示してあります。

乱丁・落丁本は、ご面倒ですが小社読者係宛ご送付ください。送料小社負担にてお取替えいたします。

印刷・株式会社光邦　製本・株式会社大進堂

ISBN978-4-10-102861-3 C0195